百年中国新诗编年

第 二 分 册

1927-1936

主编：张清华　　分册主编：赵　坤

山东文艺出版社

序

赵 坤

经过第一个十年的最初尝试，1927 年至 1936 年间，白话新诗在美学焦虑和现实主义需求的双重压力下，初步完成了古典诗歌在内容与形式上的现代转换。重要的标志之一，是受到英美浪漫主义影响的"新月派"、受到西方现代主义影响的"象征诗派"，以及由社会革命运动催生的"普罗诗歌"，这三个诗歌群落在第二个十年里围绕传统和世界文学间的关系所展开的对话、流动与鼎立，为 20 世纪中国诗歌版图奠定了最初的格局。

塑形于 1920 年代中期的新月派，此时更为自觉地探索诗歌的艺术形式。以徐志摩和陈梦家等人为代表，不仅依旧强调诗歌的"本质的醇正、技巧的周密和格律的谨严"，更看重"诗的意义不受拘束的自由发展"。这种"为着写诗而写诗"的贵族化"纯诗"立场，逐渐成为新诗中较为显豁的一脉。相比于早期的新月诗人，徐志摩、饶梦侃、方玮德、陈梦家、孙大雨、郑伯奇等人的诗歌形式则显得更为自由和多样，这才有了《再别康桥》《我不知道风是在哪一个方向吹》《一朵野花》《呼唤》《疲惫者之歌》。更具诗歌史意义的，是孙大雨、饶梦侃、卞之琳、朱湘等人的十四行诗创作，他们探索中国古典格律诗与西方十四行诗的沟通方式，是创造性地实验"钩寻中国语言的柔韧性，乃至探检语体文的浑成"的新诗写作。

　　真正执着于探索现代新诗与中国古典诗歌关系并取得一定成就的，是现代派诗人戴望舒。戴氏从象征派出发，围绕《现代》杂志影响和团结了一批美学旨趣相近的诗人，如艾青、卞之琳、冯至、何其芳、废名、林庚、金克木、施蛰存等。他们的诗歌有别于新月诗人的士绅气，更追求描述一种"现代人在现代生活中所感受的现代情绪"，如《桃色的云》《回了心吧》《寻梦者》《小病》《脚步》《断章》等，重在表达"一刹那间的意境"下，压抑了上千年的生命冲动。在《我的记忆》之后，戴望舒的兴趣深入"现代诗形和现代辞藻"中更为复杂的主题：古今"乡愁"、共时的"青春情绪"、主义的虚无与彷徨、人类的忧伤……在人物、自然和古典意象中，如何融贯"象征派的形式与古典派的内容"，这是由戴氏开题，20 世纪中国诗歌共同思考的命题。

　　彼时强调诗歌社会功能的"中国诗歌会"，也展开对诗歌技艺的持续探索。殷夫、蒲风、穆木天、杨骚、卢森堡等主要成员，虽然继承了"太阳社""引擎社""前哨社""汽笛社"等普罗诗歌的创作思路，强调"新世纪的诗歌"要奋力"捉住现实"，要为"工人和农民"创造"大众歌调"，要旗帜鲜明地构成与彼时其他诗歌流派的"绝对不同"①，"使我们自己成为大众中的一个"。但主体意识、真实情感的表达，"歌谣化""国防诗歌"等诗歌主张的提出，正是对粗糙口号诗的暗暗放弃。这种尝试显然是有效的，《震撼大地的一月间》《在喀林巴岭上》《乡曲》《永别了，我的故乡》《十二月的风》《茫茫夜》等诗，以个人抒怀激扬民族热血，得到了深受社会历史变革影响的同代诗人的纷纷响应。除任钧、溅

----

① 蒲风《五四到现在的中国诗坛鸟瞰》（1934）、杨骚《从诗的特殊性谈起》（1937）、任钧《关于中国诗歌会》（1948）中都谈到"新诗歌"要与其他诗派有所区别。

波、温流、黄宁婴、王亚平、关露等左翼诗人外，陈残云、林焕平、张寒辉、徐光摩、罗慕华等非普罗诗人也有偏向现实主义的诗歌创作；甚至郭沫若、周灵均、黄药眠、龚冰庐、莞尔等人还贡献出"鼓号式"的《战歌》《我死之夜》，文艺观翻转的《述怀》《对月》，"林中响箭"般的《血字》《意识的旋律》等等。1933年以后，革命诗歌数量激增，除了抗日救亡迫在眉睫的现实主义需求，美学焦虑也是原因之一，二者共同促成了新诗在第二个十年的蓬勃发展，并形成了此一时期独特的"流动美学"。

最典型的是持续讨论诗歌艺术形式的"后新月"和"现代派"，虽然被中国诗歌会诸君批评"入了魔道"，但正是彼此的强烈差异，使不同的诗歌流派在第二个十年里从未停止过"凝视"与"对话"。比如现代派诗人戴望舒，作为骨干参与了《新文艺》等左翼刊物的创办；象征诗派的穆木天、冯乃超等后来成为中国诗歌会的发起人；臧克家由新月式写作转向现实主义诗歌创作，等等。或许可以这样描述，在新诗的第二个十年里，不止"纯诗"和"非诗"之间，几乎所有诗歌流派都呈现出流动的美学状态，甚至同一诗人也因为尝试不同倾向的写作而在诗歌中显示出不同流派的特质，这种跨流派的诗歌创作在"后尝试期"里大量出现，营造出彼时诗歌创作的繁盛之相。比如后期新月对唯美主义、象征主义甚至现代主义美学观的吸收，涉及于赓虞、邵洵美、徐志摩、闻一多、朱湘、孙大雨、林徽音、卞之琳和何其芳等诗人；追求诗歌的"幽深、晦涩和含蓄"的象征诗派，也吸收了其他诗歌群的王独清、冯乃超、穆木天、石民、冯至、胡也频、姚蓬子、林英强等；认为诗歌应该进入更深层次的内心体验，追求现代的"诗形""诗艺"的现代诗派，同样有后期新月诗人的加入，像戴望舒、施蛰存、孙大雨、冯至、卞之琳、何其芳、路易士、侯汝华、林庚、李广田等；现代诗歌创作也聚拢了美学观相近的京派诗人群，如卞之琳、何其芳、李广田、林庚、废名、金克木等。这一众诗人中，拥有多重诗派身份的可谓十之七八。

似乎到了此刻，新诗才得以凭自身的体量、难度、成就与方向，回应白话诗的合法性、古典诗歌的现代转型，以及如何展开与世界文学的互动等诸问题。如今，站在新世纪的时间轴上回望，新文化运动的建设期里，三十年代的诗歌版图早已经初露百年新诗格局的雏形。

此外，除了诗歌本身的语言、内容、形式、技巧等问题外，彼时诗歌界依照"诗歌刊物名称区分派别"① 的习惯也是众多诗人显得流派身份复杂的原因之一。像新月派以《新月》《晨报副刊·诗镌》《诗刊》《学文》等诗刊为主，现代诗派则集中在《现代》《大公报文艺》《水星》《文学季刊》《诗志》《现代诗风》《文饭小品》等杂志，左翼诗歌的主要阵地是《狮吼》《太阳月刊》《无轨列车》《新文艺》《新诗歌》《拓荒者》等，这些诗歌刊物尽管在倡导某种诗歌的美学主张时言辞激扬，但从不因为诗人背景而回避对其作品的接受，因此，像戴望舒等人这样在不同"派别刊物"上发表诗作的诗人，自然显示出诗派身份的多重性来。对此，本卷在选录时，除收入经典诗作以外，尽量呈现出彼时众多诗派"异气连枝"的一面，尤其注重收录人们所熟知的某流派特质明显的诗人及其充满异质性的诗歌作品。

第二个十年间，另一个颇有趣的现象是，除了进入文学史的"知识"以外，许多被遮蔽的诗刊诗作同样以名不见经传的方式，丰富着这一时期的诗歌景象。诗刊方面，主要有各类诗文兼收的

———————

① 惕若（茅盾）：《〈东流〉及其他》，《文学》1934 年 10 月第 3 卷第 4 期。

《菜花》《火山诗刊》《小雅》《诗帆》《小公园》《文艺副刊诗刊》《白露》《絮茜》，其中很多是同人刊物，因条件所限，仅维持了几期，却在诗歌趣味方面表现不俗。诗作方面，有盛名在其他文体、或以其他学科背景名世的学人，偶一提笔作诗，视野和语言都颇为有趣，像沈从文、宋寒衣、陆志韦、程千帆、沈祖棻、常任侠、胡明树、孙作云、钟敬文、沈祖牟等人。其中，当年被疏漏于文学史之外的诗人诗作，如今被学界重新发现者众多，这里不再赘述。再有一类情况是，文学史中少见或未见、生平已无迹可考的诗人，他们的作品不多，更不可能成为今天被重新"发现"的对象，比如苏金伞、沈圣时、芦荻、林木瓜等人的诗歌，吕伯攸的童谣和张寒辉的歌曲等，虽少被一般文学史所提及，也因为清新有趣，显出与时代不同的气质而被收录。

最后要说的是，本卷的收录原则是尽量按诗作比例重建历史现场中的诗歌格局，在读者耳熟能详的熟作之外，复原一定数量的陌生感诗作，以期呈现出诗歌丰富与驳杂的时代风貌。

本卷诗歌的出处，基本都是原发底本，有修改之作则以作者的自选集为校勘本，若作者在世时没有自选集，就以学界公认的选本作校勘。最后，要感谢我的学生任慧和王晓田，她们为本卷的编选工作做了不可忽略的贡献。

目 录

1927 年

1932 年

1934 年

1935 年

1927—1936 年具体日期不详

1927年

时间的辩白

朱大枬

古人拿客店比喻人生，

死是你们归宿的家庭，

莫抱怨我紧紧相催，

可怜我还无家可归，

呵这万古不惜的狂奔！

谁不是由我送进墓门，

等你葬好了再送别人，

你们都静眠在墓场，

呵那无缘接近的佳城！

选自《晨报副刊》1927 年 2 月 12 日

疯妇之歌①

沈从文

小姐，奶奶，太太，我看到你们在那里笑！

我知道的，这个意思，我全知道的。

————————

① 该诗发表时署名为甲辰。——编者注，下同。

我眼睛不瞎，我能看出蚂蚁的打仗，
苍蝇在我身边飞过时，我可以听出它的翅膀声。

你们笑我老了，笑我衰了；——
我丑了，丑得使你们贵人全发笑。
头发黄色像乱草是可笑的。
鼻子孔为虫吃了你们也觉得有趣。

我是像那满身长了癞子的母狗。
我是像那为人用开水烫过的公狗。
打脏水缸爬起的鸡比我还体面。
我忍受痛苦如从拉煤车的老马学来的。

到硬土上翻筋斗是猴子做的事，
我为了逗贵人欢喜我也做过类此的事了。
痴痴呆呆上法场的囚犯得唱歌，
我的调子不同意思却不两样。

你们脸儿常白，又有小小的红嘴唇。
你们住舒服房屋，不怕大风大雨。
你们衣裳如时，头发分特别章法。
你们要东西时，还可以用一百个人来当差。

为供你们吃，天才生了鸡鸭鱼肉。
为供你们玩，天才分出春夏秋冬。
玫瑰不是为你们，开花不会香。

没有青年女人的世界，雀儿不作声。

你们有一双柔软臂膀正适宜搂人。
你们颈边的圆涡乃容受接吻而起
鸭子和羊是你们同胞的亲姊妹，
云雀和画眉同你们是共师傅教出的。

六月里太阳晒得我头痛，
但它实为催你头上戴的夜来香快开的。
你贵人在秋天欢喜看红色的枫叶，
西风才吹；（那里是同我们身上作难呢！）

一部字典是为我们全人类而预备的，
但是，我明白，得让你贵人先自去拣选；
你们为"恣情宴乐"才同时要"疾病"，
我们为"处治男人"才不愿把"眼泪"放松。

公馆窗上总有精致软绸的幔帷间隔，
所以不用你贵人看到人间的污秽将眼睛弄坏。
男贵人为你们把房子筑了高墙，
呻唤的声音就无从扰乱你们安静的心了。

是哪，对的，老爷有各式各样不同的嗜好，
"美"的意义就是按照老爷兴致的安排；
穿起花的红绿丝绸衣裳是不可少，
要装饰到内面，教育也应当注重。

奴仆是衬托侯爵公爵贵人富有而起的，

为衬托你们美丽才有我们穷妇人。

你们把生活的反面全扔给我们，

你们才常有开心的时候不至于生病。

我又看到你们贵人中一些才女，

用文字把这世界打扮的更其美丽年青，

这世界披了件锦绣衣服，（真难得）！

便救了成千成万想死的人！

小姐，奶奶，太太，我只一句话你们让我说：

死亡扼着了我们喉头我们都不能出气。

这一点遗产证明上帝对人仍然是公平。

你要是能够，便把这遗产丢掉去！

你舍不得一个大儿我就去领我遗产。

你无论如何俭省你也会穷的。

诗人才女为世界缝的衣裳也有穿敝时，

给蛆去啮去嗤是大家共负的老账！

三月二十六日北京中一区

选自《现代评论》1927 年第 5 卷第 123 期

爱憎

李金发

Soyons scandaleux sans
plus vons gener.

Paul Verlaine

一

我愿你孤立在斜阳里，
望见远海的变色，
用日的微光
抵抗夜色之侵伐。

将我心放在你臂里，
使他稍得余暖，
我的记忆全死在枯叶上，
口儿满着山果之余核。

我们的心充满无音之乐，
如空间轻气的颤动。
无使情爱孤寂在黑暗，
任他进来如不速之客。

你看见么，我的爱！
孤立而单调的铜柱，
关心瘦林落叶之声息，
因野菊之坟田里秋风唤人了。

如要生命里建立情爱，
即持这金钥开疑惑之门，
纵我折你陌上之条，
昨日之静寂是在我们心里。

呵，不，你将永不回来，
警我在深睡里，
迫生命之钟声响了，
我心与四体已僵冷。

二

时间逃遁之迹
深印我们无光之额上，
但我的爱心永潜伏在你，
如平原上残冬之声响。

红夏偕着金秋，
每季来问讯我空谷之流，
我保住的祖先之故宫既颓废，
心头的爱憎之情消磨大半。

无用踟蹰，留你最后之足印
在我曲径里，
呵，往昔生长在我臂膀之你，
应在生命之空泛里沉默。

夜儿深了，钟儿停敲，
什么一个阴黑笼罩我们；
我欲生活在睡梦里，
奈他恐怕日光与烦嚣。

蜘蛛在风前战栗，
无力组世界的情爱之网了，
吁，知交多半死去，
无人获此秋实。

呵妇人，无散发在我庭院里，
你收尽了死者之灰，
还吟挽歌在广场之隅，
跳跃在玫瑰之丛。

我几忘却这听惯之音，
与往昔温柔之气息，
愿倩魔鬼助我魄力之长大，
准备回答你深夜之呼唤。

选自李金发著《食客与凶年》，北新书局，1927 年 5 月版

在淡死的灰里

李金发

在淡死的灰里，
可寻出当年的火焰，
惟过去之萧条，
不能给人温暖之摸索。

如海浪把我躯体载去，
仅存留我的名字在你心里，
切勿懊悔这丧失，
我终将搁止于你住的海岸上。

若忘记我的呼唤，
你将无痛哭的种子，
若忧闷堆满了四壁，
可到我心里的隙地来。

我欲稳睡在裸体的新月之旁，
偏怕星儿如晨鸡般呼唤；
我欲细语对你说爱，
奈那 R 的喉音又使我舌儿生强。

选自李金发著《食客与凶年》，北新书局，1927 年 5 月版

素斐

胡适

梦中见你的面，
一忽儿就惊觉了。
觉来终不忍开眼，——
明知梦境不会重到了。

睁开眼来，
双泪进堕。
一半想你，
一半怪我。
想你可怜，
想我罪过。

"留这只鸡等爸爸来，
爸爸今天要上山来了。……"
那天晚上我赶到时，
你已死去两三回了。

病院里，那天晚上，
我刚说出"大夫"两个字，
你那一声怪叫，
至今还在我耳朵边直刺！

今天梦里的病容，

那晚上的一声怪叫，

素斐，不要叫我忘了，

永永留作人们苦痛的记号！

　　十六年二月五日，梦中见女儿素斐，醒来悲痛，含泪作此诗。忍了一年半的眼泪，想不到却在三万里外哭她一场。

　　选自《现代评论》1927 年第 5 卷第 127 期

教我如何睡去

徐玉诺

战神约合了天爷，

时时紧张，

刻刻迫逼；

把天空当作皂炉，

大地当作錾子，

白焰卷燎，是

何处风箱正在吹嘘？

我待要午睡，

教我如何睡去！

战云弥卷的中州，

胡憨樊寇，大战，小战，经月，经年；

尸身臭烂，遍地血泥；

现在干了，焦了，白骨也都自烧了！

这样时候，

这样天气，

我待要午睡，

教我如何睡去！

弟弟在死尸叠就的

站壕里作战；

父亲母亲避弹，

躲在烧了房屋的墙角里；

小孩子们饿得受不住了，

拨开被血泥糊着的眼睛，

跑到白骨灰里扒弹壳，

去到枪炮局里换饭吃。

天哪，

这样的时候，

又加着这些东西在心里，

我待要午睡，

教我如何睡去！

十六年五月十九日下午一时

选自《语丝》1927 年第 139 期

罪过①

闻一多

老头儿和担子摔一跤，

满地是白杏儿红樱桃。

老头儿爬起来直哆嗦，

"我知道我今日的罪过！"

"手破了，老头儿你瞧瞧。"

"唉！都给压碎了，好樱桃！"

"老头儿你别是病了罢？

你怎么直愣着不说话？"

"我知道我今日的罪过，

一早起我儿子直催我。

我儿子躺在床上发狠，

他骂我怎么还不出城。"

"我知道今日个不早了，

没想到一下子睡着了。

这叫我怎么办，怎么办？

回头一家人怎么吃饭？"

老头儿拾起来又掉了，

————————————

①该诗最早发表在《时事新报·学灯》（1927 年 6 月 18 日），原诗结尾为"谁让我一下子睡着了？
唉，没有出息的！我老了！"收入《死水》时改为现版本。

满地是白杏儿红樱桃。

选自闻一多著《死水》，新月书店，1929 年 3 月版

一个观念

闻一多

你隽永的神秘，你美丽的谎，

你倔强的质问，你一道金光，

一点儿亲密的意义，一股火，

一缕缥缈的呼声，你是什么？

我不疑，这因缘一点也不假，

我知道海洋不骗他的浪花。

既然是节奏，就不该抱怨歌。

啊，横暴的威灵，你降伏了我，

你降伏了我！你绚缦的长虹——

五千多年的记忆，你不要动，

如今我只问怎样抱得紧你……

你是那样的横蛮，那样美丽！

选自《时事新报·学灯》1927 年 6 月 23 日

红纱灯

冯乃超

森严的黑暗的深奥的深奥的殿堂之中央
红纱的古灯微明地玲珑地点在午夜之心

苦恼的沉默呻吟在夜影的睡眠之中
我听得鬼魅魑魍的跫声舞蹈在半空

乌云丛簇地丛簇地盖着蛋白石的月亮
白练的河流若伏在野边的裸体的尸僵

红纱的古灯缓缓地渐渐地放大了光晕
森严的黑暗的殿堂撒了满地庄重的黄金

愁寂地静悄地黑衣的尼姑渡过了长廊
一步一声怎的悠久又怎的消灭无踪

我看见在森严的黑暗的殿堂的神龛
明灭地惝恍地一盏红纱的灯光颤动

选自《创造月刊》1927 年第 1 卷第 6 期

旧梦

胡适

山下绿丛中，
露出飞檐一角，
惊起当年旧梦，
泪向心头落。

对他高唱旧时歌，
声苦无人懂。——
我不是高歌，
只是重温旧梦。

一九二七，七，四。
选自《新月》1928 年第 1 卷第 6 期

野草题辞

鲁迅

当我沉默的时候，我觉得充实；我将开口，同时感到空虚。

过去的生命已经死亡。我对于这死亡有大欢喜，因为我借此知道它曾经存活。死亡的生命已经朽腐。我对于这朽腐有大欢喜，因为我借此知道它还非空虚。

生命的泥委弃在地面上，不生乔木，只生野草，这是我的罪过。

野草，根本不深，花叶不美，然而吸取露，吸取水，吸取陈死人的血和肉，各各夺取它的生存。当生存时，还是将遭践踏，将遭删刈，直至于死亡而朽腐。

但我坦然，欣然。我将大笑，我将歌唱。

我自爱我的野草，但我憎恶这以野草作装饰的地面。

地火在地下运行，奔突；熔岩一旦喷出，将烧尽一切野草，以及乔木，于是并且无可朽腐。

但我坦然，欣然。我将大笑，我将歌唱。

天地有如此静穆，我不能大笑而且歌唱。天地即不如此静穆，我或者也将不能。我以这一丛野草，在明与暗，生与死，过去与未来之际，献于友与仇，人与兽，爱者与不爱者之前作证。

为我自己，为友与仇，人与兽，爱者与不爱者，我希望这野草的死亡与朽腐，火速到来。要不然，我先就未曾生存，这实在比死亡与朽腐更其不幸。

去罢，野草，连着我的题辞！

一九二七年四月二十六日，鲁迅记于广州之白云楼上。

选自《语丝》1927 年第 138 期

去问前面的大哥

吴组缃

我在这灰暝的生命路上奔跑，
我燃烧我的心灵，哔，叭！

我拼出我的血、汗；腥，馊！
我撕破我的喉腔，狂嚎！

我要去问前面的大哥：
是谁创造出这阴森森的宇宙？
是谁创造出这隐晦的人寰？
是谁创造出我这微渺的生命？

我要一把扭住这浑蛋的创造者，
我要令我的头颅与他轧拼；
拼出我的脑浆四溅
呵呵，这卑污丑恶的人生！

我要把我的脑浆收拾起，
那里面有我自己的生命，人寰，宇宙。
我要他毁灭一切，
我要他重新创造出我自己的生命，人寰，宇宙！

我在这灰暝的生命底路上奔跑，
我燃烧我的心灵，哔，叭！
我拼出我的血、汗；腥，馊！
我撕破我的喉腔，狂嚎！

我要去问前面的大哥：
是谁创造出这阴森森的宇宙？
是谁创造出这晦隐的人寰？

是谁创造出我这渺微的生命？

1927 年 7 月 15 日，选自 1927 年 9 月 1 日手抄本《野草》第一期。

选自方锡德、刘勇强编《嫩黄之忆：吴组缃先生诞辰一百周年纪念文集》，
北京大学出版社，2012 年 3 月版

牧歌（第一首）

许幸之

潇湘湖畔——白水之滨
树荫深处隐着一座坟冢
冢壁之上刻着许多的墓铭
墓前的池水不时奏着空寂的微音

干嘶的野马常来取饮
黄鸟于飞——哀哀来鸣
远村的山羊常来放牧
牧羊的姑娘们常在歌吟

牧羊的姑娘常来告诉远征的行人
你们过路的先生
请先去饮一口池水
再去读读那壁上的墓铭

选自《创造月刊》1927 年第 1 卷第 7 期

死前之四：死前的希望

王独清

我是这样的荒唐，你不要恼怒，气愤，
我爱了你已经很久，哦，年青的夫人！
一年的光阴已经是很快地过去，
你更见年青，我却是更显得清癯，
我更显得苍白，你更显得新鲜，
哦，哦，我是残冬，哦你，你是春天！

我是经过了许多绝望的，失败的生活，
我好像已失去了我青春时代的快乐。
我已经得了不能医治的心脏的重病，
我是被流浪忧愁送了我过去的半生；
我一看见了那寂寞的荒凉的坟场，
我便想到了，我最后要休息的卧房。

但是你，你正在追求着青春的快乐，
你底生活，是青春时代底快乐生活。
你是只见在整理着你底修饰，
你底脸上常敷着淡红的胭脂，
你有一头浓黑的头发，在夸耀着你底年青，
你有一对表示着你没有忧愁的明媚眼睛。

哦，我只愿你底唇儿落在我底唇上，
年青的夫人，请你恕我这样的荒唐！
我不知道是今晚或明天就要死去，
因为我是这样的苍白，这样的清癯……
我只求你底唇儿在我底唇边来一沾，
哦，好使我到我底墓中去，安静地长眠！

选自《创造月刊》1927 年第 1 卷第 7 期

牺牲

爱光

你快去牺牲罢，
莫再徘徊！
这凄惨的人间，
是鬼魔的天下！
不是我们的所有，
为什么还留恋着它？
马路旁堂皇的大厦，
银匣里满堆着金钱，
究于你何有呀，何有？

你快去牺牲罢，
莫再彷徨！
这恶劣的社会，

是人类的屠场，

不是我们的乐园，

尚有何留恋之价值？

原野中广漠的田地，

廪仓里山积的谷米，

究又于你何有呀，何有？

你快去牺牲罢，

莫再迟仁！

这黑暗的宇宙，

是劳动者的死所！

不如我们所心愿，

尚有何留恋之价值？

烟雾中轰轟的工厂，

深山里丛密的深林，

究又于你何有呀，何有？

你快去牺牲罢，

莫再狐疑！

这污浊的世界，

只是资本家的乐园，

不是我们所能享受，

尚有何留恋之价值？

庄严而绮丽的戏院，

宏伟而秀美的舞场，

究又于你何有呀，何有？

你快去牺牲罢，

莫再回头！

那边有真的自由，

你去战取！

那边有真的平等，

你去乐享！

牺牲吧，牺牲！

把你昂藏七尺的身躯，

好好的在革命的战场中埋葬！

　　二七，九，五，上海

　　选自《文化批判》1928 年第 5 期

一尊想像

胡也频

捐弃一切苦恼，

铸成了一尊想像；

是人间绝无的美女，

以香吻抚慰我苍白之颊。

我虽是生于山野，

听惯了狼群追逐，虎与豹的喊叫，

但她的小语，

在我心头，却有无限的重量。

呵，仅她的眉梢，

已是我整个的上帝；

我纵有蛮人的秉性，

终受她眼光的洗礼，为温爱之信徒。

我欲挽夏夜之风，

或邀出谷中的泉滴，

为我歌颂这想像，

及因她而生的暂时的幸福！

选自《晨报副刊》1927 年 9 月 7 日

听啄木鸟作歌

寒先艾

晨曦在纸窗上轻浅的泻影，

是什么歌曲萦绕墙外槐林？

他来得意外奇突，

仿佛丁丁的板斧；

也许是那采樵的白发老人，

在深山摇曳两臂伐木殷勤；

也许是青蛙震怒，

在池塘鸣钟击鼓。

啊，歌者，你诅咒宇宙的无情，

不该吹悲调扰乱我的梦魂！

选自《现代评论》1927 年第 6 卷第 144 期

两个小孩

杨骚

雨从云间落下，

风自天边吹来！

椰树急着躲避弯了腰，

蕉叶笨着战栗，裂开，

草圃中的积水点点跃起，

窗板上的报纸片片飞散……

哦！在这乌沉沉的天地骚动中，

看呀，那两个小孩！

他们横断草圃，穿过椰林，

慢慢地，慢慢地，走上市街；

人们凄惶恐惧逃奔，

他们俩小正和暴风雨点嬉戏。

和着暴风雨点嬉戏，

他们横断草圃，笑着蕉叶，

慢慢地，慢慢地，走上街市，

他们将回家去，

晓得家有母亲姐姐，

替他们洗脚换衣；

活动的他们更不怕湿病了身体。

人们凄惶恐惧逃奔，

他们晓得天地没有恶意。

晓得天地没有恶意，

他们慢慢地，慢慢地，

玩了暴风急雨，

横断草圃，

穿过椰林，

笑着蕉叶，

走上街市，

快快乐乐地回家去。

1927 年 9 月 30 日

选自杨骚著《受难者的短曲》，开明书店，1929 年版

我死之夜

黄药眠

这恐怕就是我死之夜，

淋雨在檐前凄凄地打，……

沙，沙，沙，扁柏的林里，

哀哀的哭着乌鸦。……

这恐怕就是我死之夜，

我的心头充满着可怖的凄惶，

死神呀，你能让我的魂

在死前去一返我的故乡？——

但我的魂终跃不上梦的梢头，

只萦绕着灯火，昏黄。

这恐怕是我死之夜，——

我已失去了可怜的呼吸，

唉，死神呀，你能让我的魂

在死前去一听我的母亲的哭泣？——

窗前忽有一阵怪风，

把一颗奇异的星芒吹入。

这恐怕是我死之夜，

泥墙上来往着狰狞的死神，

运命躲在鼠穴里张着黑囊候我，

欲把我拿去研作灰尘。

我徒张着口，已发不出悲声，

唉，虚寂呀，快些来淹灭我的哀情。

这正是我死之夜，

淋雨在窗前凄凄地打，……

无声的黑夜底寿衣折裹，

哀哀地哭着凄鸦。……

选自《洪水》第 3 卷第 35 期（1927 年 11 月 1 日）

呵，我爱的

殷夫

呵，我爱的姑娘在那边，
一丛青苍苍的藤儿前面；
草帽下闪烁着青春面颊，
她好似一朵红的，红的玫瑰。

南风欣语，提醒了前夜：
疏淡的新月在青空阑珊，
我们同坐在松底溪滩，
剖心地，我俩密密倾谈。

古刹的钟声，清淡，
她的发香，似幽兰；
我们同数星星，
笑白云儿多疏懒。

看，她有如仙嬛，
胸中埋着我的情爱，
呵，我的爱是一朵玫瑰，
五月的蓓蕾开放于自然的胸怀。

1927，于象山。

选自殷夫著《孩儿塔》，人民文学出版社，1958 年 12 月版

凋残的蔷薇：十二月

冯乃超

十二月
灰烟灰雾笼罩的十二月
欲雨还昙的焦躁
破我心头 Stoic 的积雪

昼间街灯的睡眼惺惺
市外朦胧的远山淡影
又是葬式的钟声

空中浮游着银灰的音色
枯枝曳着欲断的叹息
又是孤悄的沉寂

十二月
岁月告老的十二月
震栗的灰白的苦寒
积我心头疲惫的白雪

选自《创造月刊》1927 年第 1 卷第 8 期

我们俩管领着这深的静夜

罗吟圃

我们俩管领着这深的静夜，
肌肤冰凉，啊，无端的悲恻！
微吟轻溜自你的红唇，
如像花影颤动的声息。

你的双睛凝聚着凄光，
如像寒潭敛着金阳的残照。
你的纤手如像白霜，
在微明的月光里消融。

我们胸中泛着爱的哀潮！
幽婉的语声，幽婉地回响。
我们轻抚着哀楚的青春，
青春哟，一瓣瓣暗自凋谢！

怕抬头见星群转稀，弦月西斜；
为的是可怕的明朝将近！
宁如两个无所栖止的幽魂，
在未明之前先自陨灭！

选自《白露》1927 年第 2 卷第 2 期

1928年

夜歌

闻一多

癞蛤蟆抽了一个寒噤，

黄土堆里钻出个妇人，

妇人身旁找不出阴影，

月色却是如此的分明。

黄土堆里钻出个妇人，

黄土堆上并没有裂痕，

也不曾惊动一条蚯蚓，

或绷断蟏蛸一根网绳。

月光底下坐着个妇人，

妇人的容貌好似青春，

猩红衫子血样的狰狞，

鬅松的散发披了一身。

妇人在号咷，捶着胸心，

癞蛤蟆只是打着寒噤，

远村的荒鸡哇的一声，

黄土堆上不见了妇人。

选自闻一多著《死水》，新月书店，1928 年 1 月版

述怀

郭沫若

我几曾说过我要把我的花瓣吹飞？
我几曾在监狱中和你对话过十年？
但你说我已经老了，不会再有诗了；
我已经成为了枯涧，不会再有流泉。

我不相信你这话，我是不相信的；
我要保持着我的花瓣永远新鲜。
我的歌喉要同春天的小鸟一样，
乘着和风，我要在晴空中清啭。

我头上的黑发其实也没有翻白，
即使白发皤然，我也不会感觉我老；
因为我有这不涸的，永远不涸的流泉，
在我深深的，深深的心涧之中缭绕。

我的歌要变换情调，不必常是春天，
或许会如像肃杀的秋风吹扫残败，
会从那赤道的流沙之中吹来烈火，
会从西比利亚的荒原里吹来冰块。

我今后的半生我相信没有什么阻挠，

我要一任我的情性放漫地引领高歌。

我要唤起我们颓废的邦家、衰残的民族。

朋友，你不知道我，有时候连我也不知道。

在白昼的阳光中，有时候我替我自己烦恼；

但在这深不可测的夜中，这久病的床上，

我的深心我的深心，为我揭开了他的面罩。

1928 年 1 月

选自郭沫若著《恢复》，创造社出版部，1928 年 3 月版

对月

郭沫若

月亮，你照在我的窗前，

我是好久没有和你见面。

你那苍白的圆圆的面孔

和我相别好像有好几十年。

我的眼中已经没有自然，

我老早就感觉着我的变迁；

但你那银灰色的情感，

还留恋着我，不想离缘。

我没有你那超然的情绪，

我没有你那幽静的心弦。
我所希望的是狂暴的音乐
犹如铿鞳的鼙鼓声浪喧天。

或者如那浩茫的大海
轰隆隆地鼓浪而前，
打在那万仞的岩头，
撼地的声音随水花飞溅。

啊，我的心中是这样的淡漠，
任有怎样的境地也难使我欢呼。
你除非照着几百万的农人
在凯旋的歌中跳舞！

　　　　选自郭沫若著《恢复》，创造社出版部，1928 年 3 月版

想
　　　　——乡下的雪前雪后①
沈从文

像撒盐，像撒面，
山坡全是戴了白帽子。

请你吃那当时的东西，——

―――――――――

　　①该诗歌发表时署名为甲辰。

手笼灰中煨熟的干板栗！

雪中猎狐、猎兔、打野猪，
不能看，就蹲在灶边去跟人学罢。

陪猫儿据炉边烤火，
你也盹，我也盹！

跌下去，就莫起来了，
横顺要作雪罗汉！

不要唱歌，不要吹笛，
山谷已经不愿再作回声了，
　雪把它封了口。

长的河坝胖了，
老的碾坊胖了，
水磨学得胖子的脾气，
唱歌也只是懒声懒气的！
日头从云里出来时节，
喊着叫着的斑鸠，
是坐在我家正屋背脊上。

人穿了草鞋，
牛穿了草鞋——
到官路上去吧，

可以看烂雪里各式各样的脚迹！

选自《小说月报》第 19 卷第 4 号（1928 年 4 月 10 日）

囚徒
——寄怀时雨并呈狱中诸友

钱杏邨

往日每当天曙的时辰，

我们总是公园中漫步细语；

今朝我却仆仆的在这龙华道上，

带着愤激的心情来探望你这个囚徒。

白烟如今虽说这样的迷漫，

我是没有些微的感伤；

即使你死在这恐怖之下吧，

我想我的心也不会怎样的震撼。

我们的四周本都是妖氛重重，

狱内狱外究有什么异同？

我们要用赤血染得地球红，

缧绁的生涯早在意料之中。

我是毫不觉得悲痛，

只想在你死前多多探望几番；

若是我死在成功之后哟，

当把全民众的欢笑献上你的祭坛。

一九二八，五，二，龙华

选自钱杏邨著《荒土》，泰东图书局，1929 年版

把梦拂开

杨骚

把梦拂开，

把象征的袈裟脱下，

把神像永埋！

赤着膊，

挺着胸，

光着腿登上望台！

但拆毁望台，

挥着空拳扑上罢，

那儿我们的兄弟在！

我们的兄弟在，在，

在呐喊击杀，

在流血成海！

泅过这血腥的大海，

把彼岸的炮垒毁坏，

造我们高入天心的灯台！
唉，唉，血流成的海，
将涌起狂喜的波头，
瞻望我们发射的光彩！

泪水让后生替我们流，
悲叹让先生悲叹了来，
如今血路须我们自家开！
莫睬，一切莫睬，
我们现在，我们生现在，
当负这苦痛充满的地球重载！

莫睬，一切莫睬，
坐我们的飞艇追以太，
投我们的爆弹毁古塞！
唉，唉，扑上来，扑上来，
时与空与我们将换个新的世界！
时与空与我们将换个美的世界！

选自《奔流》第 1 卷第 1 期（1928 年 6 月 20 日）

雨巷

戴望舒

撑着油纸伞，独自

彷徨在悠长，悠长

又寂寥的雨巷，

我希望逢着

一个丁香一样地

结着愁怨的姑娘。

她是有

丁香一样的颜色，

丁香一样的芬芳，

丁香一样的忧愁，

在雨中哀怨，

哀怨又彷徨；

她彷徨在这寂寥的雨巷，

撑着油纸伞

像我一样，

像我一样地

默默彳亍着，

冷漠、凄清，又惆怅。

她静默地走近

走近，又投出

太息一般的眼光，

她飘过

像梦一般地

像梦一般地凄婉迷茫，

像梦中飘过
一枝丁香地，
我身旁飘过这女郎；
她静默地远了，远了，
到了颓圮的篱墙，
走尽这雨巷。

在雨的哀曲里，
消了她的颜色，
散了她的芬芳，
消散了，甚至她的
太息般的眼光，
她丁香般的惆怅。

撑着油纸伞，独自
彷徨在悠长，悠长
又寂寥的雨巷，
我希望飘过
一个丁香一样地
结着愁怨的姑娘。

选自《小说月报》第 19 卷第 8 期（1928 年 8 月）

囚犯①

李健吾

在那黑的窄门洞
我看见
一个黑的窄皮囊
穿着破的布衣裳
绽了线
没有一针不走缝

好像从门里挤出
他这样
苇子般长的身体
在秋暮的水塘里
有些像
摇摇欲灭的蜡烛

我怕看见他的黄脸
长头发
眼睛里透黑的光
含着微笑的嘴框

---

① 该诗后又收入《新诗》（1937 年第 5 期），结尾有微小改动，"像一根苇子"改为"像一根绿苇子"。

涂着蜡
涂着红蜡的黄脸

为什么他那样看我
仿佛在他的生命里
或者镇日的午梦里
我来过一次

并且他痴痴地看天
仿佛那自由的白云
和那自由的麻雀群
有深意昭示

我听说那黑的窄门洞
封着无数的黑的幽魂
因为父母子女的饿冻
黑夜摸出苇子的墙来
还没有爬上高的楼台
封在黑的阴湿的地穴
霉着彼此可怜的罪孽
想着父母子女的饿冻
对着无数的黑的幽魂
封锁在那黑窄的门洞

在黑的窄门洞里面
一个不同的黑世界

带着它黑的忧郁
啮着它黑的心曲
猫一样黑鼠的妖怪
在黑窄的门洞里面

为什么他那样看我
站在洋槐的阴影里
他的脸笼在阴影里
盖着一层的薄霜

他好像带着话问我
又怕不是他的乡侣
不知他的父母子女
流落在什么地方

我看他慢条斯理地
曳着他窄长的身体
走向前面的森林里
穿过歪斜的牌坊

像一根苇子的
黄熟了的运命
只有秋天的风
吹上他的幽径

十九，九，二十

选自《清华中国文学会月刊》1931 年第 1 卷第 1 期

颂①

沈从文

说是总有那么一天，

你的身体成了我极熟的地方，

那转弯抹角，那小阜平冈；

一草一木我全都知道清清楚楚，

虽在黑暗里我也不至于迷途。

如今这一天居然来了。

我嗅惯着了你身上的香味，

如同吃惯了樱桃的竹雀；

　　辨得出樱桃香味。

樱桃与桑葚以及地莓味道的不同，

虽然这竹雀并不曾吃过

　　桑葚与地莓也明白的。

你是一株柳；

有风时是动，无风时是动：

但在大风摇你撼你一阵过后，

你再也不能动了。

―――――――――

①该诗发表时署名为甲辰。

我思量永远是风，是你的风。

于北京之窄而莓斋中

选自《新月》月刊第 1 卷第 9 号（1928 年 11 月 10 日）

再别康桥

徐志摩

轻轻的我走了，
    正如我轻轻的来；
我轻轻的招手，
    作别西天的云彩。

那河畔的金柳
    是夕阳中的新娘
波光里的艳影，
    在我的心头荡漾。

软泥生的青荇，
    油油的在水底招摇；
在康河的柔波里，
    我甘心做一条水草！

那榆荫下的一潭，

不是清泉，是天上虹
揉碎在浮藻间，
　　沉淀着彩虹似的梦。

寻梦？撑一支长篙，
　　向青草更青处漫溯，
满载一船星辉，
　　在星辉斑斓里放歌。

但我不能放歌，
　　悄悄是别离的笙箫；
夏虫也为我沉默，
　　沉默是今晚的康桥！

悄悄的我走了，
　　正如我悄悄的来；
我挥一挥衣袖，
　　不带走一片云彩。

　　十一月六日中国海上

　　选自《新月》1928 年第 1 卷第 10 期

再看见你

陈梦家

再看见你。十一月的流星
掉下来，有人指着天叹息；
但那星自己只等着命运，
不想到下一刻的安排
这不可捉摸轻快的根由。
尽光明在最后一闪里带着
骄傲飞奔，不去问消逝
在那一个灭亡，不可再现的
时候。有着信心梦想
那一刻解脱的放纵，光荣
只在心上发亮，不去知道
自己变了沙石，这死亡
启示生命变异的开端，——
谁说一刹那不就是永久？
　我看了流星，我再看你，
像又是一闪飞光掠过我的心，
瞧见我自己那些不再的日子：
那些日子从我看见了你，
不论是雨天，是黑夜
我念着你的名字，有着生，
有着春光一道的暖流

淌过我的心。那些日子
我看见你，我只看着
看着你在我面前，我不作声。
我有过许多夜徘徊在那条街上
望着你住的门墙，一线光，
我想那里一定有你；我太息
透不进你的窗棂。只有门前
那盏脆弱的灯好像等着企望
那不能出现的光明；更惨的
那一声低的雁子叫过
黑的天顶，只剩下我
站立在桥下。那些日子
我又踯躅在大海的边岸，
直流泪，上帝知道我；
海水对我骄傲，那雄壮
我没有，我没有；我只不敢
再看见青天，横流的海，
影子跟着我走回我的家。

　　这些我全不忘记，我记得
清楚，像就在眼前的一刻——
那时候我愿望
是一枝小草，露珠是我的天堂；
但你只留下一个恍惚，
踟蹰的踪迹，我要追寻，
我不能埋怨天，我等着
等着你再来，再来一次

就算是你的眼泪，你的恨。

可是到了秋天，我才看见

一个光明再跳上我的枯梢

雪亮，你的纯洁没有变更

我听到落叶和你一阵

走近我的身边，敲我的门：

你再要一次的投生。

我本来等着冬来冻死，

贪爱一个永远的沉默；

这一回我不能再想，

我听到春天的芽

拨开坚实的泥，摸索着

细小细小的声音，低低地

"再看见你——再看见你！"

十九年十一月二十五夜半南京小营三〇四

选自《新月》第 3 卷第 4 期（1930 年 6 月 10 日）

口供

闻一多

我不骗你，我不是什么诗人，

纵然我爱的是白石的坚贞，

青松和大海，鸦背驮着夕阳，

黄昏里织满了蝙蝠的翅膀。

你知道我爱英雄，还爱高山，

我爱一幅国旗在风中招展，

自从鹅黄到古铜色的菊花。

记着我的粮食是一壶苦茶！

可是还有一个我，你怕不怕？——

苍蝇似的思想，垃圾桶里爬。

选自闻一多著《死水》，新月书店，1928 年版

承露盘

石民

好一个玉盘！皎洁的有如碧空中

那一轮明月，他捧着，十分虔诚，

跪在那高山的顶上，而且默祝着：

"我愿不食人间烟火，皈依你，神。"

闭住了双眼，以隔绝一切的诱惑，

他的灵魂沉定于夜的静寂。

微风之细语，隐约的在他的耳边，

疑是从缥缈中传来——仙国的消息。

众星之炯眼俯视着那苍白的面容。

他沉吟着。那盘中有清辉盈溢，

如无限幽情盈溢在诗人的心里，

渐凝成莹润的珠玑，点点滴滴。

但新的太阳，出自东方，放射着

金光之箭；他，睁开眼睛，昏了，和那宝器

一同跌落到山下——可怜这修道者！

他以最后的呼吸吻取碎片上的余沥。

选自《现代文学（上海 1930）》1930 年第 1 卷第 6 期

从深处

石民

从铁也似的沉默的深处，

呵，何时将迸发一声长叫，

一霎时，摇落这满天星斗，

有雷霆之应响，电火之闪照，

唤起地狱中不能超度的

冤魂，一齐，随乱云而舞蹈，

而且踏破那上帝的殿堂！——

你，可怜虫！却对我嫣然一笑。

离开我！我岂能将这沉重的

头儿，悄悄地，安息于你膝上？

更岂能俯伏在你胸前，

恸哭着，留泪痕于你巾上？

予欲无言。你笑罢——别管我

有什么苦恼，是这样地烦乱！

选自《奔流》1928 年第 1 卷第 6 期

湾西 Wansee

林文铮

我不能如花范子，

载西施，游五湖，

享尽人间艳福……

我不能效拉马丁 Lamartine

高歌痛哭于湖滨，

哀悼乐日不复回……

我来独泛孤舟于湾西

清涤我心于明湖

草丛野鸭振翼之声

时与桨声相和……

点点轻帆宛如千百蝴蝶，

徘徊于浮光之上。

秋深矣！芦花白似霜……

日暮矣！斜阳抚松梢……

何处环珴璘，——呜咽，

竟教归鸟不鸣……

湖心情痴的天鹅，

不知丽达 Leda 久归土，

犹引颈细饰其素羽。

选自《中央日报特刊》1928 年第 1 卷

花一般的罪恶

邵洵美

那树帐内草褥上的甘露，

正像新婚夜处女的蜜泪；

又如淫妇上下体的沸汗，

能使多少灵魂日夜醉迷。

也像这样个光明的早晨，

有美一人踏断了花头颈；

她不穿衣衫也不穿裤裙，

啊，是否天际飞来的女神？

和石像般跪在白云影中，

惫倦地看着青天而祈祷。

她原是上帝的爱女仙妖，

到下界来已二十二年了。

她曾跟随了东风西方去，
去做过极乐世界的歌妓；
她风吹波面般温柔的手，
也曾弹过生死人的铜琶。

她咽泪的喉咙唱的一曲，
曾冲破了夜的静的寂寞；
曾喊归了离坟墓的古鬼；
曾使悲哀的人听之快乐。

她在祈祷了，她在祈祷了，
声音战颤着，像抖的月光，
又如那血阳渲染着粉墙，
红色复上她死白的脸上。

"啊，上帝，我父，请你饶恕我！
你如不饶恕，不妨惩罚我！
我已犯了花一般的罪恶，
去将颜色骗人们的爱护。

"人们爱护我复因我昏醉，
将泪儿当水日夜地灌溉；
又卖弄风骚吓对我献媚，
几时曾想到死魔已近来。

"啊死魔的肚腹像片汪洋，

人吓何异是雨珠的一点；

啊，死魔的咀嚼的齿牙吓，

仿佛汹涌的浪涛的锋尖。

"我看着一个个卷进漩涡，

看着一个个懊悔而咒诅，

说我是蛇蝎心肠的狐狸，

啊，我父，这岂是我的罪过？

"但是也有些永远地爱我，

他们不骂我反为我辩护；

他们到死他们总是欢唱，

听吧，听他们可爱的说诉：

"世间原是深黑漆的牢笼，

在牢笼中我犹何妨兴浓：

我的眉散乱，我的眼潮润，

我的脸绯红，我的口颤动。

"啊，千万吻曾休息过了的

嫩白的醉香的一块胸膛，

夜夜总袒开了任我抚摸，

抚摸倦了便睡在她乳上。

"啊，这里有诗，这里又有画，

这里复有一刹那的永久，
这里有不死的死的快乐，
这里没有冬夏也没有秋。

"朋友，你一生有几次春光，
可像我天天在春中荡漾？
怕我只有一百天的麻醉，
我已是一百年春的帝王。

"四爿的嘴唇中只能产生
甜蜜结婚痛苦分离死亡？
本是不可解也毋庸解释，
啊，这和味入人生的油酱。"

上帝听了，吻着仙妖的额，
他说：烦恼是人生的光荣；
啊，一切原是"自己"的幻象，
你还是回你自己的天宫。

仙妖撤脱了上帝的玉臂，
她情愿去做人生的奴隶；
啊，天宫中未必都是快乐，
天宫中仍有天宫的神秘。

选自《一般（上海 1926）》1928 年第 4 卷第 1 期

东京的夜市

杨骚

市街笼着灰色的薄雾，

血色的灯光在痛哭；

天上几粒星儿在暗笑，

人，狗，十字军路旁的说教……

胭脂唇带着眼波的袭击，

摇动的肉块，诱惑，电，

啊！支那料理，

大卤面！

哈伊！五十钱，三十钱！

黄腐的香蕉一排一排，

带着刺刀的牛头马面，

小飞船，小鬼脸。

选自《语丝》1928 年第 4 卷第 50 期

劝告

沈宝基

闭了你的眼睛

如果世间的丑态使得你不能睁眼

埋了你的爱情

如果找不到一位你所心爱的女郎

不要步出门庭

门庭外没有花香只有魔鬼在来往

静下你的乱心

不要在黄昏时无缘故地痴想彷徨

打开你的魂灵

快赶走你一切的回忆经验与思想

魂灵成了空瓶

你快把那"寂静"与"漠然"的秘密封藏

风有大的眼睛

被它看见了会诉于那凶犷的姑娘

一九二八

选自《中法大学月刊》1936 年第 10 卷第 2 期

卖肉

郭子雄

我这儿的货色顶新鲜，你看：

那淋漓的鲜血都还未曾干，

块块的肉像还在案上打战，

来罢！整块，零买，任随你的便。

这儿有整个的头颅，全的尾，

赤的心肝，张的肺，白的脑髓，

还有那绞着的肠子一大串，

来罢！多多，少少，任随你的便。

这儿还有对腰子，快点来买，

迟一点就不行，别说你有钱，

还有个苦胆，做药的好来买，

来罢！单的，双的，任随你的便。

这儿还有个嘴和着一条舌，

一个碎的肚子，一盆鲜的血，

一只大的耳朵，一只重的腿，

来罢！大大，小小，任随你的便。

这儿还有些不肥不瘦的肉，

好割几片去，放进盐水里腌，

到除夕的晚上取出来过年，

来罢！一片，两片，任随你的便。

这儿还有好几只前趾，后蹄，

别嫌弃，这东西也好办酒席，

连毛都少有，用不着细心看，

来罢！一只，两只，任随你的便。

我卖的肉顶新鲜，价也顶廉，

也不曾把骨头藏在肉中间。

来罢！肥的，瘦的，任随你的便，

别看做人肉一样的不值钱。

选自《狮吼》1928 年复刊后第 1 期

春夏秋冬

郭子雄

春天我真是一个小孩，

连蓓蕾儿都没有张开，

但已惹得了她的怜爱，

蝴蝶似的常向我走来。

夏天是我的黄金时代，

绿叶儿遮了她的楼台，

累累的果实熟的可爱，

连她望着我也要发呆。

秋天我只剩一些尸骸，

已不像从前那样的乖，

美的变丑了；好的已坏，

她来看着我满是奇怪。

冬天白的雪掉落下来，

像一床棉被把我掩盖，

倘使她再到园里徘徊，

一定寻不出我的所在。

选自《狮吼》1928 年复刊后第 1 期

奔

周灵均

我已来到这十字路头，

我想到我是仓皇出走；

因为我是一个刚获释的囚人，

东西南北，我应向哪儿奔？

你不见天色已苍苍，

我独对这宇宙的茫茫，

东西南北，我四望：

我是一个失路的囚人，

我应向哪儿奔？

奔，奔，奔向前路、

我再莫要踌躇！

虽则现在全宇宙已笼罩了夜影，

我们要在黑暗里寻求光明；

我想到囚人们总是无家，

为寻求光明而漂泊在天涯!

我仰首见星星已在闪动,
天色虽模糊, 也能略辨西东,
因此我的胆已壮雄!
我再莫要踌躇,
有星星指点我的前路。
奔, 奔, 我是一个囚人,
我要以我的热血洗净乾坤!

选自《太阳月刊》1928 年第 1 期

战歌

冯宪章

一

快酿你兴宁老酒长乐烧,
快备你锐利斧头和镰刀!
敌人已在残杀我们的同胞,
强者已在吮吸我们的脂膏。
耐不住了! 耐不住了!
心火正在熊熊地烧!
热血正在滔滔地号!
耐不住了! 耐不住了!

快酿你兴宁老酒长乐烧，
快备你锐利斧头和镰刀！

快酿你兴宁老酒长乐烧，
快备你锐利斧头和镰刀！
烧！烧！烧！心火烧！
号！号！号！热血号！
喝罢兴宁老酒长乐烧，
紧持锐利斧头和镰刀！
冲破敌人的营巢！
冲破敌人的营巢！
一切取消！
一切打倒！

一切取消！
一切打倒！
不论军阀和官僚，
不论劣绅和土豪；
不论英美日法奥，
不论地主和富豪！
烧！烧！烧！心火烧！
号！号！号！热血号！
别胆怯心忉，
别畏苦怕劳！

别胆怯心忉，

别畏苦怕劳!

要是人生有味道,

战死好了!

战死好了!

要是人生无味道!

战死就是生存了!

战死就是生存了!

喝罢兴宁老酒长乐烧,

紧持锐利斧头和镰刀!

喝罢兴宁老酒长乐烧,

紧持锐利斧头和镰刀!

任心火燃烧,

任热血怒号!

强者尽管多枪炮,

哪能不使心火烧?!

富者尽管有荷包,

哪能不使热血号?!

心火烧!热血号!

征服了!征服了!

征服了!征服了!

所有强者都被我们征服了!

心火烧!心火烧!

一切青年的心火都在烧!

姊妹们,穿起整洁的衣料,

点缀我们玫瑰花园般的路道；
兄弟们，我们紧紧地拥抱，
回忆过去火山一般的烈暴！
然而，别要休止了心火烧，
别要停息了血怒号！

别要休止了，
心火烧！
别要停息了，
热血号！
征服了！征服了！
此刻虽然征服了，
死灰有时还要，
还要重复的烧烧！
啊！·················
烧！烧！烧！任心火烧！
号！号！号！任热血号！

二

血钟响了！
血钟响了！
研究室里面的青年同胞，
十八层地狱底下的农劳！
你可曾知道？
你可曾知道？

起来呀，随着声浪血潮！
前进呀，冲破敌人之巢！
血钟已频频地响了！
血钟已频频地响了！

荆棘野草，
豺狼虎豹！
已经弥漫了我们的周遭，
已经包围了可怜的同胞！
你可曾知道？
你可曾知道？
自救吗，只有革命之道，
不然呢，性命已是难逃！
荆棘野草已生周遭，
豺狼虎豹已围同胞！

任心火烧，
任热血号！
快备着你的弹丸和枪炮，
快紧持你的斧头和镰刀！
你可曾知道？
你可曾知道？
公理吗，已被强权吞掉，
人道呢，随公理而没了！
任心火熊熊地燃烧，
任热血滔滔地怒号！

风在怒号，

海在奔涛，

这是敌人惊惶的哀叫，

这是我们胜利的欢笑！

你可曾知道？

你可曾知道？

听着呀！被压迫的同胞，

看着呀！被压迫的农劳！

风在吼吼地怒号，

海在哈哈地奔涛！

选自《太阳月刊》1928 年第 3 期

泛海

朱湘

我要乘船舶高航，

在这汪洋——

看浪花丛簇

似白鸥升没，

看波澜似龙脊低昂，

还有鲸雏

戏洪涛跳掷癫狂

我要操一叶扁舟
海底穷搜——
水黄如金屋
就中藏玳瑁，
水蔚蓝蕴碧玉青球，
沫溅珍珠，
耀珊瑚日落西流。

我要以大海为家：
月放灯花，
碧落为营幕，
流苏缀星宿，

绡帐前龙女拨琵琶，
酗酒高呼，
让天风播入无涯！

选自《文学周报》1928 年第 276～300 期

园中

冯至

你怎么就不肯
抬起头儿看一看，
满墙上浓红的薜荔，

——用血染就的相思！

你怎么也不肯

低下头儿看一看，

满地上黄叶干枯，

——爱情到了这般地步！

1926 年

选自《新中华报·副刊》1928 年第 1 册

重见故乡①

李金发

吁，饥渴，干燥，恐怖，萎靡着十年如一日的故乡，

我还有生命重入你瘦骨之怀，

是可庆之极了，

你的平坂，清流，黄冈，青峰，

仍在支持现状，喘着短气，

如像不相识的形态对着我，

怀念过仅有秃笔寻趣的我么？

我呢天生是你的奴隶，

在数万里外的西欧，

在数千里外的春申，

――――――――

　①该诗发表时署名为金发。

也总以你为梦魂中的帝王，

虽是朦胧一点但愈觉亲切。

我梦见过黄沙嶂之山腰，

乘大雨滂沱之际，崩成万尺之穴，

蓦地出了蛟龙向东海疾驰，

所经之处血肉模糊；

抑或高寨顶之山峰，

为大鹏攫去，直冲九霄，

于是宇宙多增一颗流星，

高寨顶遂继域树夫之后成了火山口，

一二次爆裂淹没了我亲爱的，

田，园，庐，墓，溪流充斥着 lava。

可幸你还健在，仍能回答我的呼唤，

——虽不十分亲热诚恳，——

现在交还我所信托的东西来，

任我管领三数日。

计有清晨下水的山犊，

狂放了就泅游至鱼池中央，

善于藏身的鹌鹑，

为无意识之猎者，

伤了它的右翅膀，无力的坠地。

那时实不忍心去看，

只叫人围着医治，

以后亦不知它的究竟。

还有随风悠扬的，以烈日为生涯的女樵者之歌，——

供给我多少诗料！——

我每次听着热泪就向腹中流。

溪中的鱼儿，闻是因你弛于保护之故，

已为渔人用毒草杀了无数，

昨日我在石岩下摸着的一尾，

还不过五安士重，太恐怖了，

就白白的死在我的眼下手里！

这个悲哀将用什么诗料去赔偿！

二八年西湖

选自《美育》第 3 期组诗《灵的图圉》，1929 年 10 月

1929^年

闻一多先生的书桌

闻一多

忽然一切的静物都讲话了，

　　忽然间书桌上怨声沸腾：

墨盒呻吟道"我渴得要死！"

　　字典喊雨水渍湿了他的背；

信笺忙叫道弯痛了他的腰；

　　钢笔说烟灰闭塞了他的嘴，

毛笔讲火柴烧秃了他的须，

　　铅笔抱怨牙刷压住了他的腿；

香炉咕喽着"这些野蛮的书

　　早晚定规要把你们挤倒了！"

大纲表叹息快睡锈了骨头；

　　"风来了！风来了！"稿纸都叫了；

笔洗说他分明是盛水的，

　　怎么吃得惯臭辣的雪茄灰；

桌子怨一年洗不上两回澡，

　　墨水壶说"我两天给你洗一回。"

"什么主人？谁是我们的主人？"
　一切的静物都同声骂道，
"生活若果是这般的狼狈，
　倒还不如没有生活的好！"

主人咬着烟斗迷迷的笑，
　"一切的众生应该各安其位。
我何曾有意的糟蹋你们，
　秩序不在我的能力之内。"

　　　选自闻一多著《死水》，新月书店，1928 年 1 月版

一朵野花①

陈梦家

一朵野花在荒原里开了又落了，
不想到这小生命，向着太阳发笑，
上帝给他的聪明他自己知道，
他的欢喜，他的诗，在风前轻摇。

一朵野花在荒原里开了又落了，
他看见青天，看不见自己的渺小，
听惯风的温柔，听惯风的怒号，

────────────

①该诗发表时署名为陈漫哉。

就连他自己的梦也容易忘掉。

1929 年 1 月

选自《新月》1929 年第 2 卷第 9 期

忧愁的中国

冯乃超

在浦东，各地的浦东，

黑烟的现代的感情律动，

忧愁的中国哟，

锁困的生命哟，

血染的斗争哟，

马路上的足迹哟！

铁锤的合奏发号令，

汽笛的高响彻夜鸣，

钢铁的反响代表我们的心声。

说吧，同志们，任情地说吧，

我们的信仰，世界的睿智，

我们的主张，革命的力量，

说吧，同志们，任情地说吧！

号令哟，号令我们的革命，

叛乱哟，大众的要求黑夜中高鸣，

"我们的胜利"是钢铁的裁判令。

在农村，缝着大地的全国的平原，

滔滔的感情流成浩荡的大川。

受难的大地哟，

裸露的生命哟，

饿渴的命运哟，

荒废的叛乱哟！

黄沙刮起沉痛的呻吟，

原野燎起血火的翻掀，

伴随历史的长途的大地的苦闷哟，

世界的各隅响着解放的雷雨的欢欣。

绿色的原野要你们的鲜血沾染，

破坏吧，那黑色的一向烦恼你们的饥饿的命运，

五千年来被掩闭的你们的眼睛，

穿过悠久的森林，看看地平线上新鲜的红晕。

忘掉吧，昨日的忧愁与悲哀，今日的颓唐，

然而，明日的太阳，光明，自由，幸福再不是远方的希望。

选自《创造月刊》第 2 卷第 6 期（1929 年 1 月 10 日）

希望

冯至

在山丘上松柏的荫中，

轻睡着一个旧的希望。

正如松柏是四季长青，

希望也不曾有过一番梦醒……

它虽是残废的野兽一般

无力地驰驱于四野的空旷，

我却愿长久地缓步山丘，

抚摸这轻睡的旧的希望。

选自《新中华报·副刊》第 2 册（1929 年 1 月 14 日）

留恋

胡适

Ⅰ

三年不见伊，

便自信能把伊忘了。

今天蓦地相逢，

这久冷的心又发狂了。

Ⅱ

我终也不成眠

萦想着伊的愁，病，衰老。

刚闭上了一双倦眼，

只见伊庄严曼妙。

Ⅲ

我欢喜醒来，

眼里还噙着两滴欢喜的泪。

我忍不住笑出声来，

"你总是这样叫人牵记！"

十八，一，二五，重来北平作。

选自《中国文学季刊》1929 年第 1 卷第 2 期

扑灯蛾

蒲风

熊熊的火焰在燃烧，

无数的扑灯蛾齐向火焰中扑跳；

——先先后后，

没有一个要想退走！

哦！你渺小的扑灯蛾哟！

难道你不知道这烈火会把你烧？

难道你不曾看见

许许多多的同伴已在火中烧焦？

为着坚持自己的目标奋斗到底，

——不怕死!

为着不忍苟全一己的生命,

——不怕死!

扑灯蛾! 扑灯蛾!

是否你们因此而继续

不断地投在火焰里?

熊熊的火焰在燃烧,

无数的扑灯蛾已在火中烧焦!

先先后后, 没有一个要想退走!

啊啊! 它们没有一个要想退走!

1929 年旧作, 1930 年 3 月 11 日改抄于马冷(Malang)

选自蒲风著《茫茫夜》, 春光书店, 1934 年 4 月版

别了, 哥哥

殷夫

(作算是向一个 Class 的告别词吧!)

别了, 我最亲爱的哥哥,

你的来函促成了我的决心,

恨的是不能握一握最后的手,

再独立地向前途踏进。

二十年来手足的爱和怜,

二十年来的保护和抚养，
请在这最后的一滴泪水里，
收回吧，作为噩梦一场。

你诚意的教导使我感激，
你牺牲的培植使我钦佩，
但这不能留住我不向你告别，
我不能不向别方转变。

在你的一方，哟，哥哥，
有的是，安逸，功业和名号，
是治者们荣赏的爵禄，
或是薄纸糊成的高帽。

只要我，答应一声说，
"我进去听指示的圈套"
我很容易能够获得一切，
从名号直至纸帽。

但你的弟弟现在饥渴，
饥渴着的是永久的真理，
不要荣誉，不要功建，
只望向真理的王国进礼。

因此机械的悲鸣扰了他的美梦，
因此劳苦群众的呼号震动心灵，

因此他尽日尽夜地忧愁，

想做个 Prothemea 偷给人间以光明。

真理和愤怒使他强硬，

他再不怕天帝的咆哮，

他要牺牲去他的生命，

更不要那纸糊的高帽。

这，就是你弟弟的前途，

这前途满站着危崖荆棘，

又有的是黑的死，和白的骨，

又有的是贬人肌筋的冰雹风雪。

但他决心要踏上前去，

真理的伟光在地平线下闪照，

死的恐怖都辟易远退，

热的心火会把冰雪溶消。

别了，哥哥，别了，

此后各走前途，

再见的机会是在，

当我们和你隶属着的阶级交了战火。

1929，4，12

选自《拓荒者》1930 年第 4、5 期合刊（1930 年 5 月），同时刊发于《海燕》1930 年第 4、5 期合刊

妹妹的蛋儿

殷夫

妹妹哟，我亲爱的妹妹，
呵，给我力，禁止我的眼泪，
我的心已经碎了……片片……
我脆弱的神经乱如麻线，
呵，那是你，我的妹妹，
你就是一朵荆榛中的野玫瑰。

你哥哥，是流浪在黄浦江畔，
黄浦的涛歌凄惨难堪，
上海是白骨造成的都会，
鬼狐魑魅到处爬行，
那得如家乡呵，
世外桃源地静穆和平，
只有清丽的故家山园，
才还留着你一颗纯洁小心。

妹妹，自我从虎口跳出，
我便开始在世上乱奔，
如一个小舟失去舵橹，
野马溜了缰绳！
呵，茫茫的前程，
遍地是火，遍地是苦的呻吟，

血泊上反响着强者狞笑，
地球上尽是黑暗森林！

我遇着是虐行和残暴，
欺诈，侮辱，羞耻，孤伶！
我眼看地球日趋灭亡，
人类的灵魂也难再苏醒，
厌恶的芽儿开了虚无的花，
想把生命归与地球同尽！

但今天，你使我重信，
地球不死，人的灵魂
也好似一丛茂繁的森林，
荆棘上开放着白的玫瑰，
顽石上汩流着珠泉清清……

妹妹，你救拯了我，
以你深浓的同情，
我不能为黑暗所屈服，
我要献身于光明的战争，
妹妹哟，我接着你从故乡寄出的蛋儿，
我不禁我泪儿流滚，
但请信我吧，
我不再如以前般厌憎生命！

1929 年春

选自殷夫著《孩儿塔》，人民文学出版社，1958 年 12 月版

生活①

徐志摩

阴沉，黑暗，毒蛇似的蜿蜒，

生活逼成了一条甬道：

一度陷入，你只可向前，

手扪索着冷壁的黏潮，

在妖魔的脏腑内挣扎，

头顶不见一线的天光，

这魂魄，在恐怖的压迫下，

除了消灭更有什么愿望？

五月二十九日

选自《新月》1929 年第 2 卷第 3 期

莫干山的月夜

刘大白

水银也似的月色，

泻满了全山；

──────────────

①该诗发表时署名为志摩。

山上的一切，
都浸在这银色月光中了；
我，
我底影子，
也浸在这银月光中了。

远望山下，
薄霭微笼，
似乎罩着一层银灰色的轻纱；
山下的一切，
都在朦胧中向月光隐现，
更透过了轻纱，
向我底眼帘隐现。

教堂底歌声歇了；
灯火阑珊人影散乱中，
上帝底儿孙们，
一起安息去了；
急雨似的虫声，
占领了银月光中浸着的全山，
这光景值得流连无睡。

看月色，
听虫声，
只剩下了一个孤单的我；
我悄悄地独坐，

也让月儿看我,

我低低地微吟,

也让虫儿听我。

一九二九年八月二十日在莫干山。

选自《当代诗文》1929 年创刊号

丈人的老屋

赵景深

小院落里枯梧桐下倒悬着蜂巢。

阳光照不到的一堆箱笼旁的壁上,

挂着石塌的莫愁的小影——

这被蚕食了似的显出些少

歪斜白线条的黑色的美人。

书房里的书许多年尘封满积。

似有阴森的,没有气息的影子在游行。

Morpheus 持的魔杖在点着每一个来客。

一九二九,九,一八。

选自《新文艺》第 1 卷第 6 号（1930 年 2 月 1 日）

她这一点头

曹葆华

她这一点头，
是一杯蔷薇酒；
倾进了我的咽喉，
散一阵凉风的清幽；
我细玩滋味，意态悠悠，
像湖上青鱼在雨后浮游。

她这一点头，
是一只象牙舟，
载去了我的烦愁，
转运来茉莉的芳秀，
我伫立台阶情波荡流，
刹那间瞧见美丽的宇宙。

一九二九年

选自曹葆华著《寄诗魂》，震东印书馆，1930 年版

处女的疯

钱君匋

太阳不上东山，
我便永远不能走上光明的道儿。

值得我亲热的人儿呢？
虽掌中的火把伴着我之歌唱而寻找，
火把却不敢伴我在风声里寻找，
也不敢伴我在雨声里寻找，

于是我至今犹伫在这幽暗的林子里；
但我的歌声不曾停止，
好给过路的人儿听见了，
早些回去与他们的爱者接吻。

我的几支歌儿快要唱完了。
火把也快要息了，
唉，值得我亲热的人儿呢，
怎的还不经过这里？

那很远的小屋里，
不是牧牛的孩子在吹着横笛吗？
她缕缕的笛声，

不是招我去与他亲热吗?

可是,那是风过树枝的呼呼声

再听去,那里是横笛的声音呢!

那隔岸的草棚里,

不是搓绳的孩子在唱着恋歌吗?

他柔美的歌声,

不是催我去与他亲热吗?

可是,那是河水流过的淙淙声,

再听去,那里是柔美的歌声呢!

太阳不上东山,

我便永远不能再走上光明的道儿。

选自《文学周报》1929 年第 326~350 期

在你面上

蓬子

在你面上我嗅到霉叶的气味,

倒塌的瓦棺的泥砖的气味,

死蛇和腐烂的池沼的气味,

以及雨天的黄昏的气味;

在你猩红的唇儿的每个吻里,

我尝到了威士忌酒的苦味,

多刺的玫瑰的香味，糖砒的甜味，

以及残缺的爱情的滋味。

但你面上的每一嗅和每个吻

各消去了我青春的一半。

选自《文学周报》1929 年第 326～350 期

新丧

蓬子

夕阳倦得不会匐动了，

伏在西方的山之巅；

像少妇临死时的留恋，

凝视着远近的村落，溪水，

野田，不忍割舍；

割不断的留恋孕成了悲哀，

在悲哀里，目光哟！渐渐暝灭。

无阳的沉默浮在太空，

牛背上晚归的牧笛，

柳荫下夜泊的渔歌，

蹲在柴门外的野狗

他都默默无言，如丧妣考；

夜色有如覆尸的黑纱，

掩上西山,

便是狰狞的树枝,光的塔,

也抓不破新丧者之殓衣。

选自《文学周报》1929 年第 326 ~ 350 期

我的记忆①

戴望舒

我的记忆是忠实于我的,

忠实得甚于我最好的友人。

它存在在燃着的烟卷上,

它存在在破旧的粉盒上,

它存在在颓垣的木莓上,

它存在在喝了一半的酒瓶上,

在撕碎的往日的诗稿上,在压干的花片上,

在凄暗的灯上,在平静的水上,

在一切有灵魂没有灵魂的东西上,

它在到处生存着,像我在这世界一样。

它是胆小的,它怕着人们的喧嚣,

但在寂寥时,它便对我来作密切的拜访。

---

①该诗发表时署名为望舒。

它底声音是低微的，

但它的话却很长，很长，

很多，很琐碎，而且永远不肯休；

它底话是古旧的，老是讲着同样的故事，

它底音调是和谐的，老是唱着同样的曲子。

有时它还模仿着爱娇的少女底声音，

它底声音是没有气力的，

而且还夹着眼泪，夹着太息。

它底拜访是没有一定的，

在任何时间，在任何地点，

甚至当我已上床朦胧地想睡了：

人们会说它没有礼貌，

但是我们是老朋友。

它是琐琐地永远不肯休止的，

除非我凄凄地哭了，或是沉沉地睡了；

但是我是永远不讨厌它，

因为它是忠实于我的。

选自《今代妇女》1929 年第 10 期

1930年

乡情

蒋光慈

从故乡来了一个友人，
向我报告了许多消息，
他说故乡已改了面目，
完全不如那平静的往昔。

他说兵和匪闹不分晓，
为官的只知道自己的腰包；
有钱的被绑票
无钱的更难熬……

我已经八年未归故乡了，
故乡的情事对我久已模糊；
他向我提起来了一个人的名字，
顿令我想起儿时的景物。

在村镇的北头有一条小河，
小河的两岸上有着柳林，
这里在夏天可以听见蝉鸣，
在冬天也不断孩子们的踪影。

孩子们把此地当成俱乐部，
我那时也是俱乐部的一员；

我们有时围起树来捉迷藏，
有时预备起宴席来，烧饭。

孩子们之中有一个黄牛，
他的父亲本是抬轿的轿夫；
他的头发是黄的，其状如牛，
因此得了黄牛的称呼。

孩子们以黄牛为可耻的贱种，
黄牛时听着无端的恶语：
"你这黄牛，你不要讨气，
你，是一个轿夫的儿子……"

黄牛似乎知道自己不能与人平等，
因此也就默默地忍气吞声，
有时被孩子们欺侮得太甚了，
便也就挥起拳头来拚命。

那时我以为黄牛比别人都好，
他的那一副圆眼睛更令我发笑；
那时我的年纪还很小，
不明白黄牛到底贱在哪一条。

只有我一个人和他交好，
他们所给他的只是烦恼；
有时他们还讥笑着我说：

"你看，他同轿夫的儿子一道……"

我的父母还有点大量，
并不禁止我同黄牛来往。
有时我把他带到家里，
偷偷地给他几块米糖。

儿时的光阴就这样地过去……
后来我进了邻县的高小学堂。
他的父亲没有钱送他读书，
只把他送到孤寂的乡间去牧羊。

我还记得我们临别时的景象，
他的圆眼睛饱含着泪水汪汪；
他说他何尝不想同我一样，
怎奈没有……有钱的爹娘……

他说他很愿意进学堂，
学堂大概就同天堂一样；
但是他现在只好去牧羊，
忍受那乡间的雨露与风霜。

从此我们隔离在两地，
没有重新见面的机会，
他大约幻想着我读书的欢娱，
我也幻想着他那牧羊的孤凄。

从此我们就两断了消息，
我想写信给他也无从写起：
一年，两年，三年地过去了……
我也就慢慢地将他忘记。

今朝友人提起黄牛的名字，
不禁令我发生无限的欣喜；
我便追问起我的儿时的朋友，
现在是否还生活于人世。

"我乡的农民也有点兴起，
他们不如从前那般的昏愚；
这个从前为人所鄙弃的黄牛，
现在做了农民协会的执委……

"他专与豪绅做对，
任谁也不奈他何，
从前是轿夫的儿子，
现在变成了穷人的大哥。

"那一件事情最为有趣，
就是他把姓刘的店门封闭；
他说姓刘的过去是好佬，
现在却到了倒霉的日子。

"他说这里有的是白米，

有的是成堆的布匹，

挨饿的来拿米，

受寒的来取衣……

"他自身是异常地干净，

从不乱取别人的分文，

可是他为着穷人们着想，

引起了豪绅们的仇恨。

"豪绅们在县中请了官兵，

誓除此地方的恶棍，

黄牛虽然想逃走，

终于牺牲了性命……

"从此吾乡听不见了黄牛的叫鸣，

穷人们如丧了唯一的魂灵；

农民协会封闭了，

豪绅们又重新弹冠相庆……"

友人说罢长叹息，

我亦默默而无语：

不料被我久忘却了的黄牛，

现在又复活在我的心里。

选自蒋光慈著《乡情集》，北新书局，1930 年 2 月版

列宁格拉的风

姚杉尊

你忧郁着什么，田园呵？

忧愁那晚稻的金黄，水蓼花的绯红，

燃不起农民们底乐天的好梦，

到处都充满着犁与锄头的反叛与骚动，

再没有从前那样忍饥挨寒的悠悠的古风？

我知道，忧郁的田园，你是心怕

那像海风一般卷着过街头的

像铁链底环那么紧结着的农民底队伍。

自然你的记忆里不曾有过这样的事实：

牛羊一般驯服又牛羊一般忠实的

只会衔着烟筒叹着气的

永远低着头儿曲着腰的农民们

也会挺直了躯脊，像电线柱底行列。

告诉你，这不是我们发狂，我们疯，

是列宁格拉的风，从新的土地飘过来的风，

吹开了奴隶的眼睛，煽起了反叛的火种。

我们看见自由的燕子飞翔在莫斯科的青空。

那里有新的锄头在荒地上垦掘，耕种。

那里天天在举行快乐的集会，

不像我们锁着铁链，匍匐在废墟下面。

现在奴隶的眼睛我们既经张开，

我们也要从地的裂缝钻出我们的头来。

我们要以自己的歌来震断吸血的桎梏；

我们要在阳光下面洗一洗龌龊的颜面。

海上的声音

方玮德

那一天我和她走海上过，

她给我一贯钥匙，一把锁，

她说：　"开你心上的门，

让我放进去一颗心！

请你收存，

请你收存。"

今天她叫我再开那扇门，

我的钥匙早失在海之滨。

成天我来这海上找寻，

我听到云里的声音——

"要我的心，

要我的心！"

夕阳之歌①

胡风

夕阳快要落了，
夜雾也快要起了，
兄弟，我们去罢，
这是一天中最美的时候。

遥空里有一朵羞红了脸的云，
帽子似的，罩着了那座林顶，
林那边无语如镜的池中，
许在漾着恋梦似的倒影。

穿过那座忧郁的林，
走完这条荒凄的路，
兄弟，我们去罢，
这是一天中最美的时候。

林这边只有落叶底沙沙，
林那边夕阳还没有落下，
林这边阴影黑发似的漫延，
林那边夕阳正烧红了山巅。

_____

①该诗歌发表时署名为光人。

连绵的山尽是连绵，

可以望个无穷的远，

夕阳的火，犹是红红，

可以暖暖青春的梦。

去了的青春似萎地的花瓣，

拾不起更穿不成一顶花冠，

且暖一暖凄凄的昨宵之梦，

趁着这夕阳之火犹是红红。

夕阳正照着林梢，

听着我底歌牵着我的手，

兄弟，现在，我们去罢，

这是一天中最美的时候。

　　　　选自《北新》第 4 卷第 15 号（1930 年 8 月 1 日）

寄诗魂
　　——献给我死去了的爱人①

曹葆华

看呵！辽阔的天空涌起乌云，

血红的日轮向海外飞遁；

─────────────

①该诗歌发表时署名为葆华。

雷霆震毁了天堂的楼阁，
银河上消逝万千的明星；
巍峨的山岳在雾里崩陨，
大地沉沉被黑暗吞并；
世间形形色色黯然悲泣，
灿烂的宇宙转瞬快要消泯。

请快现身，你伟大的诗魂，
至高无上宇宙的神明，
茫茫天地间万物的主宰，
人世上一切生命的生命！
请快带着那慈母的温柔，
历代圣贤们哀世的怜悯，
出来给我最后的慰安，
洒滴下几颗热烈的泪晶。

呵！我不求你招回阳春，
满地渲染霞霓的红晕，
百花的芳香充盈寰宇，
空中缭绕百灵鸟的歌吟；
我便抓着你无形的羽翎，
轻轻飞上那五彩云程，
倾听宇宙神秘的音弦，
窥探大自然幻变的真蕴。

你看鬼影扯破了我的衣巾，

我颈上套着沉重的铁绳，

熊熊的火焰快烧及身体，

凛冽的旋风在头上绕巡；

我的泪水好像山泉奔流，

苦痛的灵魂在心中狂鸣，

唇边剩余着垂死的呼吸，

投入人间招不来半点回声。

呵！伟大的诗魂，我生来原非愚钝，

智慧的光彩在眼中闪明；

胸怀蕴藏着天地的浩气，

心中潜伏烈火般的热情；

我崇拜宇宙包罗万汇，

仰慕海洋自由的狂奔；

我愿在时间不断的墙上，

刻画出人类超越的光荣。

但是我举足跳入红尘，

失望的冷灰就洒上衣襟：

尘沙蒙蔽了锐敏的两眼，

礼教枷锁着活泼的性灵。

我好像行人夜入山林，

黑暗里不见一线的光明，

两耳只听得人类的叹息，

适应着冷风里万物的悲吟。

我因此踱入幽深的典坟，
探索人生奇幻的底蕴；
寻求万代不灭的真理，
把枯萎的生命滋养繁荣。
我不管日月怎样绕行，
世间换过了多少奇景？
我只顾燃起希望的灯火，
在古今的原野上昼夜摸寻。

哪知道书中堆满了疑问，
书室只是个埋人的坟茔，
我消磨了许多美好的岁月，
仍辗转在黑暗中捉不住光影。
我不再信典籍里藏有明镜，
能显照茫茫宇宙的玄冥；
看那些白发银髯的学者，
临死谁不叹恨误入了迷津？

呵！我胸中弥漫满天的苦闷，
灵魂又紧紧抱守着坚贞；
我不敢歌颂杜康的伟大，
在夜光杯里淹没了生命；
我不敢赞美雪茄的玄秘，
昏沉中消去宝贵的青春；
那少女们香美红润的樱唇，
也不能吸引我飘荡的心情。

因此我想求你伟大的诗魂，
看护我天生崇高的灵性，
让我安卧在你温柔怀里，
超脱那一切尘丝的纷纭；
我终日依着心灵的摇震，
口中倾吐出美丽的歌吟，
溶化生命层层的积郁，
引来欢愉的泉流冲荡胸心。

呵！我还想求你增大歌声，
招来宇宙八荒的回音；
唤醒万年酣眠的崖石，
牵挽着昼夜奔驰的日轮；
使满天的群星为我起舞，
海底的蛟龙和唱着歌韵，
尘沙里颠仆的芸芸众生，
都匍伏在地上默尔倾听。

哪知我早失掉童年的天真，
血液中逃走少壮的精敏，
生命的颜色消退了殷红，
心灵已没有超然的反应。
我不感觉天地雍穆澄清，
四方的风声含藏着叶韵，
太阳能放射灿烂的光辉，

驱散我目前万千凌乱的鬼影。

呵！我又不能叫起灵魂，
飞驰太空把宇宙绕巡，
卷回海外云霭的色彩，
招来天鹅环舞的歌声，
使我重整心灵的破琴，
吻合着天地高低的节韵，
我细细弹出自然的真调，
将美丽的音波送入青云。

呵！伟大的诗魂！现在听我哀恳，
快紧紧捉住这绝望的呼声；
勿让它飞进阴沉的世界，
打破了万物幽清的梦境：
人们悼惜天才的消沉，
齐放出哭声震撼山陵，
我一生哀恸愁伤的话语，
转变为后世朝夕诵读的圣经。

呵！你快叫飓风吹散愁云，
海洋息止着喧天的悲鸣，
天空暂停滂沱的血雨，
急掣的电火卷去雷霆；
我好张开辽阔的胸襟，
赤着两足，长发披散后颈，

大步踏进幽深的坟墓，

怀抱"永恒"，悄悄与天地同暝。

选自《清华周刊》第 34 卷第 1 期（1930 年 10 月 20 日）

幻象

赵景深

（1）

熊熊向上燃烧着的青春之火，——

　　画船的玻璃匾额上，

　　　折光映直了的滔滔的河水。

（2）

萤火虫的飞舞，——

　　黑夜里车窗外的火星。

一九三○，一一，二三，锡游偶拾。

选自《絮茜》1931 年第 2 期

夜歌

曹葆华

我在花径间踱来踱往，
不知道灵魂飞向哪方？
手中玫瑰嗅不出芬芳，
口里橄榄也不觉清爽。

我呼唤清风快快飞扬，
为我吹去雾般的怅惘，
将我胸里朱红的热望，
传与梦中我爱的女郎。

转首我求皎洁的月亮，
引我走进五彩的云堂，
那里会晤多情的嫦娥，
求她帮助我实现怀想。

我不知灵魂飞向哪方？
只在花径间踱来踱往；
口里橄榄不觉得清爽，
手中玫瑰嗅不出芬芳。

选自曹葆华著《灵焰》，新月书店，1932 年 11 月版

螺洲道中

沈祖牟

一条石铺的小径，
蜿蜒的领上江村，
回头是烟，是山景，
在这料峭的黄昏。

一座牌坊一道桥，
白石都长上青藓，
一排橘树，一堆霞，
冒着深冬的红艳。

辘辘的，水车的声响，
村姑们在这里做家，
听天风吹动了布裳，
打颤着满髻的红花。

沿着一带的水田，
金绿的是油菜的畦，
绕过郁翠的山边，
远亭里有人在卖茶。

最是那迷人的诗意，
看，乱鸦正点破暮天，
一顶的小轿，匆匆的，

又赶着前路的炊烟。

十九年冬

选自《新月》1932 年第 2 卷第 2 期

一个和尚

卞之琳

一天的钟儿撞过了又一天，
　　和尚做着苍白的深梦：
　　过去多少年留下来的影踪
在他的记忆里就只是一片
破殿里到处迷漫的香烟，
　　悲哀的残骸依旧在香炉中
　　伴着善男信女的苦衷，
厌倦也永远在佛经中蜿蜒。

昏沉沉的，梦话又沸涌出了嘴，
他的头儿又和木鱼儿应对，
　　头儿木鱼儿一样空，一样重；
一声一声的，催眠了山和水
山水在暮霭里懒洋洋的睡，
　　他又算撞过了白天的丧钟。

1930 年作

选自卞之琳编《汉园集》，上海商务印书馆，1936 年 3 月版

再显

石民

月色柔化了你的言语——

这是从天国传来的声音？

垂死的灵魂睁开眼来，

望见了那再显的幻影。①

————————

①曾经写过一首题为《幻影》的诗，发表于一个朋友所办的小刊物上，附录于此，作为一个注释：

我曾杀却了那"幻影"
于我的毒恨的剑下，
而且将他抛落在沟里
一如凶手们的办法。

我将他抛落在沟里，
便叫道一声"好了！"
于是我回到家中
带着胜利者的狞笑。

我放下了我的剑儿
幽暗中独自躺着；
"从此去罢，一切苦恼，
我如今除却了妖魔！"

从这虚无的静寂里，
却传出幽微的哭声，
凄惨的令我战栗——
难道是枉死者的冤魂？

我战栗着不敢久听，
起寻那声音的来由；
我悚然地睁着眼睛，
徒然地望遍了四周。

我只好掩住了耳根，
依然地躺着不语，
但是我依然地听到——
呵，原来是出自我的心之深处！

————原注

幻影本是杀不死女神，

她重来，责问我这个凶手；

我将何言？——惟有藏匿于

黑暗的阴影里，悄然低首。

但是受伤的是我的灵魂！

如今他，呜咽着，对你求救；

他的声音是这样地幽微——

你听得否，在这静寂的时候？

　　　　1930

　　　　选自《现代文学》1930 年第 1 卷第 4 期

黄鹂

徐志摩

一掠颜色飞上了树。

"看，一只黄鹂！"有人说。

翘着尾尖，它不作声，

艳异照亮了浓密——

像是春光，火焰，像是热情。

等候它唱，我们静着望，

怕惊了它。但它一展翅，

冲破浓密，化一朵彩云；

它飞了，不见了，没了——
像是春光，火焰，像是热情。

选自《新月》1930 年第 2 卷第 12 期

我有

方玮德

我有一个心念，
当我走过你的面前；
　那像是一道山泉，
不是爱，也不是留恋。

我有一个思量，
在我走回家的路上；
　那像是一抹斜阳，
不是愁，也不是怅惘。

选自《新月》1930 年第 3 卷第 7 期

我的素描

戴望舒

辽远的国土的怀念者，

我，我是寂寞的生物。

假若把我自己描画出来，
那是一幅单纯的静物写生。

我是青春和衰老的集合体，
我有健康的身体和病的心。

在朋友间我有爽直的声名，
在恋爱上我是一个低能儿。

因为当一个少女开始爱我的时候，
我先就要栗然地惶恐。

我怕着温存的眼睛，
像怕初春青空的朝阳。

我是高大的，我有光辉的眼；
我用爽朗的声音恣意谈笑。

但在悒郁的时候，我是沉默的，
悒郁着，用我二十四岁的整个的心。

选自《小说月报》1930 年第 21 卷第 6 期

玻璃瓶

吕伯攸

玻璃瓶，

亮晶晶，

灌些玫瑰酒，

看见它肚子里面红盈盈；

灌些香蕉露，

看见它肚子里黄澄澄。

我想，我的肚子如果变了玻璃瓶，

那么，我每天吃了多少糖果，

我每天吃了多少点心，

也一定看得很分明。

选自《小朋友》1930 年第 394 期

1931^年

洵美的梦

邵洵美

从淡红淡绿的荷花里开出了
热温温的梦，她偎紧我的魂灵。
她轻得像云，我奇怪她为什么
不飞上天顶或是深躲在潭心？
我记得她曾带了满望的礼物
蹑进失意的被洞；又带了私情
去惊醒了最不容易睡的处女，
害她从悠长的狗吠听到鸡鸣：
但是我这里她不常来到，想是
她猜不准我夜晚上床的时辰。
我爱让太阳伴了我睡，我希望
夜莺不再搅扰我倦眠的心神，
也许乘了这一忽的空闲，我会
走进一个园门，那里的花都能
把她们的色彩芬芳编成歌曲，
做成诗；去唱软那春天的早晨——
就算是剩下了一根弦，我相信
她还是要弹出她屑碎的迷音，
（这屑碎里面有更完全的缱绻）
任你能锁住了你的耳朵不听，
怎奈这一根弦里有火，她竟会

煎你，熬你，烧烂你铁石的坚硬。

那时我一定要把她摘采下来，

帮助了天去为她的诗人怀孕。

诗人的肉里没有污浊的秧苗，

胚胎当然是一块纯粹的水晶，

将来爱上了绿叶便变成翡翠，

爱上了红花便像珊瑚般妍明：

于是上帝又有了第二个儿子，

清净的庙堂里重换一本圣经。

这是我的希望，我的想：现在，她

真的来了。她带了我轻轻走进

一座森林，我是来过的，这已是

天堂的边沿，将近地狱的中心。

我又见到我曾经吻过的树枝，

曾经坐过的草和躺过的花阴。

我也曾经在那泉水里洗过澡，

山谷还抱着我第一次的歌声。

他们也都认识我，他们说："洵美，

春天不见你；夏天不见你的信；

在秋天我们都盼着你的归来；

冬天去了，也还没有你的声音。

你知道，天生了我们，要你吟咏；

没有了你，我们就没有了欢欣。

来吧，为我们装饰，为我们说诳，

让人家当我们是一个个仙人。"

我听了，上下身的血立时滚沸，

我完全明白了我自己的运命：

神仙的宫殿绝不是我的住处。

啊，我不要做梦，我要醒，我要醒！

二十年一月一日上海

选自《诗刊》第 1 期（1931 年 1 月 20 日）

白马湖

陈梦家

白马湖告诉我：

老人星的忧伤，

飞过的水活鸰，

月亮的圆光。

我悄悄的走了，

沿着湖边的路，

一个小的心愿：

再来，白马湖！

一月二日驿亭

选自 1931 年《文艺月刊》第 2 卷第 2 期

奇迹

闻一多

我要的本不是火齐的红，或半夜里
桃花潭水的黑，也不是琵琶的幽怨，
蔷薇的香；我不曾真心爱过文豹的矜严，
我要的婉娈也不是任何白鸽所有的。
我要的本不是这些，而是这些的结晶，
比这一切更神奇得万倍的一个奇迹！
可是，这灵魂是真饿得慌，我又不能
让它缺着供养，那么，即便是秕糠，
你也得募化不是？天知道，我不是
甘心如此，我并非倔强，亦不是愚蠢，
我是等你不及，等不及奇迹的来临！
我不敢让灵魂缺着供养。谁不知道
一树蝉鸣，一壶浊酒，算得了什么？
纵提到烟峦，曙壑，或更璀璨的星空，
也只是平凡，最无所谓的平凡，犯得着
惊喜得没主意，喊着最动人的名儿，
恨不得黄金铸字，给装在一支歌里？
我也说但为一阕莺歌便噙不住眼泪
那未免太支离，太玄了，简直不值当。
谁晓得，我可不能不那样：这心是真
饿得慌，我不能不节省点，把藜藿

当作膏粱。

　　　　可也不妨明说，只要你——
只要奇迹露一面，我马上就抛弃平凡，
我再不瞅着一张霜叶梦想春花的艳，
再不浪费这灵魂的膂力，剥开顽石
来诛求白玉的温润，给我一个奇迹，
我也不再去鞭挞着"丑"，逼他要
那份儿背面的意义；实在我早厌恶了
那勾当，那附会也委实是太费解了。
我只要一个明白的字，舍利子似的闪着
宝光；我要的是整个的，正面的美。
我并非倔强，亦不是愚蠢，我不会看见
团扇，悟不起扇后那天仙似的人面。
那么

　　我等着，不管得等到多少轮回以后——
既然当初许下心愿时，也不知道是多少
轮回以前——我等，我不抱怨，只静候着
一个奇迹的来临。总不能没有那一天
让雷来劈我，火山来烧，全地狱翻起来
扑我，……害怕吗？你放心，反正罡风
吹不熄灵魂的灯，情愿这蜕壳化成灰烬，
不碍事；因为那，那便是我的一刹那
一刹那的永恒——一阵异香，最神秘的
肃静，（日，月，一切星球的旋动早被
喝住，时间也止步了，）最浑圆的和平……
我听见阊阖的户枢訇然一响，紫霄上

传来一片衣裙的綷縩——那便是奇迹——

半启的金扉中，一个戴着圆光的你！

选自《诗刊》1931 年第 1 期

诗一首

方令孺

爱，只把我当一块石头，

　　不要再献给我：

　　　　百合花的温柔，

　　香火的热，

　　　　长河一道的泪流。

看，那山冈上的一匹小犊

　　临着白的世界；

　　　　不要说它愚碌，

　　它只默然

　　　　严守着它的静穆。

选自《诗刊》1931 年第 1 期

美丽

朱湘

美丽把装束卸下了，镜子
　　知道它可是真的，还是谎；
　　他对着灵魂，照见了真相，
照不见"善""恶"——人造的名字。

不响，成天里他只是深思
　　又深思——平坦在他的面上，
　　还有冷静，明白；不见往常
那些幻影，与它们的美疵。

选自《诗刊》1931 年第 1 期

瓶花

沈祖牟

我没法安排这寂寞的心境，
像黄昏抛不了孤零的雁影，
　我不敢说我思量你，
　为的是这无从想起，
一瓶的花追悼过去的光阴。

我没法安排这思家的心跳，

瓶花开不了故乡的欢笑，

　掉了，一瓣也摇着深秋，

　砚池里有漂泊的轻舟，

跟着我的心，一起给霜风凭吊。

选自《诗刊》1931 年第 1 期

画家

罗慕华

生命无非是一块画布，

拿着笔在上面乱涂；

看涂的都是些什么，

不过是一片庞杂的颜色。

到此刻没有画出形象，

一支腊却费去这么长。

回想起固然没有什么惋惜，

但觉悟这"理想"终久是个谜。

它挑逗着人对它相信，

在信仰的时候总觉是真，

其实它一样是空中楼阁，

总有一天被事实打破。

只不能早把它认识真确，

没有信仰也就没有幻灭。

拿着庄严的态度去创造，

结果却破坏于浅薄的嬉笑；

最好是说真不真，说假不假，

说是为着别人，也忘不了自家；

举世的人都干着这个把戏，

你若不这样，牺牲的就是你。

就使你拿着血泪换来的人心，

有时也缥缈得好似浮云，

惟有不离开人情的基础，

中开的果子很快也就可成熟。

口里说：谁对谁都没有面具，

可是总有那背后的自己；

不道有假的假脸和真的假脸，

这就像脸色有红的白的一般。

毁掉了假脸别人也未必知道，

即或知道也不是得就算好；

本来这假脸正是世界的真处，

若再从假处求真便是糊涂。

要生活就得跳上说拆就拆的戏台，

不然，你死在牛犄角里那叫活该！

天下从来是聪明人走好运，

傻子总作被快乐屏弃的人。

这事其实早就认识清楚，

不过是甘心走在这一条道路。

自己拿着颜色涂了半天，

没有成形也无所埋怨；

人生本来就是这样空疏，

在布上找不出紧凑的画图。

你若聪明最好把颜色都洗掉，

为自己作人才没有这样的苦恼；

白布上不见一点的痕迹，

到这时也快要回去休息。

一九三一年四月廿一日北平

选自《诗刊》第 2 期（1931 年 4 月 20 日）

夜半

郭沫若

崎岖的寥寂的一条陇道，

夜半的狂暴的寒风怒号。

铁管工场底烟囱底顶上，

有蒙烟的一钩残月斜照。

北斗星高高地挂在天空，

斜指东北的斗梢摇摇欲动。

我们在陇道上并着肩走，

向着北方的一朵灯光通红。

"我的手，你看，是在这样地发烧。……

哦，你的冰冷，和我的却成对照。

让我替你温暖罢。"——"怕不把你冷了？"

我们在寒风中紧紧地握着两手，

在黑暗的夜半的陇道上颠扑不休；

唯一的慰安是眼前的灯光红透。

一九三一年四月廿九日作

选自《现代》第2卷第1期（1932年11月1日）

选自《诗刊》第2期（1931年4月20日）

掐花

废名

我学一个摘华高处赌身轻

跑到桃花源岸攀手掐一瓣花儿，

于是我把它一口饮了。

我害怕我将是一个仙人，

大概就跳在水里淹死了。

明月出来吊我，

我欣喜我还是一个凡人，

此水不现尸首，

一天好月照澈一溪哀意。

二十年五月十三日

选自《文学季刊》创刊号（1934年1月1日）

妆台

废名

因为梦里梦见我是个镜子，
沉在海里他将也是个镜子。
一位女郎拾去，
她将放上她的妆台。
因为此地是妆台，
不可有悲哀。

二十年五月十八日

选自《文学季刊》创刊号（1934 年 1 月 1 日）

投

卞之琳

独自在山坡上，
小孩儿，我见你
一边走一边唱，
唱得厌了，随地
捡一块小石头
向山谷中一投。

也说不定有人，

小孩童，曾把你

（也不爱也不憎）

很好玩地捡起，

像一块小石头

向尘世一投。

一九三一年六月至八月

选自《创化》1932 年第 1 卷第 3 期

枕江阁

方令孺

我愿意永远在焦山上，

听江潮在山边昼夜跌宕，

像是江灵的声音盘问我：

"几回了，我从你心上漾过？"

枕江阁，你系住我的魂，

古槐后的太阳做我的灵灯，

吩咐船夫下帆，江风，你歇：

我太爱这秋江的淡泊。

廿年八月廿九日登焦山枕江阁

选自《诗刊》1932 年第 4 期

蛇

邵洵美

在宫殿的阶下，在庙宇的瓦上，
你垂下你最柔嫩的一段——
好像是女人半松的裤带
在等待着男性的颤抖的勇敢。

我不懂你血红的叉分的舌尖
要刺痛我哪一边的嘴唇？
他们都准备着了，准备着
这同一个时辰里双倍的欢欣！

我忘不了你那捉不住的油滑
磨光了多少重叠的竹节：
我知道了舒服里有伤痛，
我更知道了冰冷里还有火炽。

啊，但愿你再把你剩下的一段
来箍紧我箍不紧的身体，
当钟声偷进云房的纱帐，
温暖爬满了冷宫稀薄的绣被！

选自《声色》1931 年第 7 期

预言

何其芳

这一个心跳的日子终于来临！
你夜的叹息似的渐近的足音
我听得清不是林叶和夜风私语，
麋鹿驰过苔径的细碎的蹄声！
告诉我，用你银铃的歌声告诉我
你是不是预言中的年轻的神？

你一定来自温郁的南方！
告诉我那儿的月色，那儿的日光！
告诉我春风是怎样吹开百花，
燕子是怎样痴恋着绿杨？
我将合眼睡在你如梦的歌声里，
那温暖我似乎记得又似乎遗忘。

请停下，请停下你长途的奔波，
进来，这儿有虎皮的褥你坐！
让我烧起每一个秋天拾来的落叶，
听我低低地唱起我自己的歌，
那歌声将火光样沉郁又高扬，
火光一样将落叶的一生诉说。

不要前行！前面是无边的森林，

古老的树现着野兽身上的斑纹，

半生半死的藤蟒蛇样交缠着，

密叶里漏不下一颗星，

你将怯怯地不敢放下第二步，

当你听见了第一步空寥的回声。

一定要走吗？请等我和你同行！

我的足知道每一条平安的路径，

我将不停地唱着忘倦的歌，

再给你，再给你手的温存！

当夜的浓黑遮断了我们，

你可不转眼地望着我的眼睛。

我激动的歌声你竟不听，

你的足竟不为我的颤抖暂停！

像静穆的微风飘过这黄昏里，

消失了，消失了你骄傲的足音……

啊，你终于如预言中所说的

无语而来，无语而去了吗，年轻的神？

一九三一年秋

选自卞之琳编《汉园集》，上海商务印书馆，1936 年 3 月版

笑①

林徽因

笑的是她的眼睛，口唇，
和唇边浑圆的旋涡。
艳丽如同露珠，
朵朵的笑向
贝齿的闪光里躲。
那是笑——诗的笑，画的笑；
水的映影，风的轻歌。

笑的是她惺忪的鬈发，
散乱的挨着她的耳朵：
轻软如同花影，
痒痒的甜蜜
涌进了你的心窝。
那是笑——神的笑，美的笑：
云的留痕，浪的柔波。

选自《诗刊》第 3 期（1931 年 10 月 5 日）

①该诗歌发表时署名为林徽音。

灵奇

方令孺

有一晚我乘着微茫的星光，
我一个人走上了惯熟的山道，
泉水依然细细的石上交抱，
白露沾透了我的草履轻裳。

几炷磷火照亮纵横的榛棘，
一双朱冠的小蟒在前面引领，
导我攀登一千层皑白的石磴，
为要寻那镌着碑文的石壁。

你，镌在石上的字忽地化成
伶俐的白鸽，轻轻飞落又腾上；
小小的翅膀上系着我的希望：
信心的坚实和生命的永恒。

可是这灵奇的迹，灵奇的光，
在我的惊喜中我正想抱你紧，
我摸索到这黑夜，这黑夜的静；
神怪的寒风冷透我的胸膛。

选自《诗刊》第 3 期（1931 年 10 月 5 日）

惆怅

饶孟侃

不是为游山玩水，
我才舶在这地方；
也不是惦记山下
这一片菜花的黄。

十年的凄风苦雨，
到处都是没遮拦，
怕载无情的岁月，
才驶进了这港湾。

不必问风光景色，
早刻画在梦里边；
远近依然是飘着
一片似梦的青烟。

有杂念都该收起，
好趁早走上山坡。
料想敲开了柴门，
迎面有一双笑窝。

那里有笑窝相迎，

拂尘的只有山风，——

只剩茅檐上挂着

一湾五彩的残虹。

徒然的千呼万唤，

只空山和你答话。

转眼又是个黄昏，

惆怅充满了天涯。

选自《诗刊》1931 年第 3 期

默示

梁镇

弦琴已经沉到了海底，

月亮不再露她的圆光，

地平上浮起一道霞彩，

使我欢喜，也使我绝望。

爱，这时候我在玩味

你的叹息，你的眼泪。

最温柔的四月，他们说；

花在迸发，林鸟在歌唱。

你听，那绿野上，幽谷内，

蜂群颤动金色的翅膀。

　　爱，这时候我接近你，
　　低声唤出你的名字。

天是那样青，又那样美，
隐约传来城市的喧响，
啊，宁谧的生命的伟力。
你在从穹苍慢慢下降！

　　爱，我怎能说这默示
　　在我们心里会消逝？

　　　　选自《诗刊》1931 年第 3 期

别拧我，疼

徐志摩

"别拧我，疼，"……
你说，微锁着眉心。

那"疼"，一个精圆的半吐，
在舌尖上溜——转。

一双眼也在说话，

晴光里漾起

心泉的秘密。

梦

洒开了

轻纱的网。

"你在哪里?"

"让我们死,"你说。

选自《诗刊》1931 年第 3 期（1931 年 10 月 5 日）

微弱

方玮德

我在数天上的星,

我问:"是哪一颗

正照着她的家乡?"

星子不作声,

这一夜

露水落在我的脸上。

我走过一条江水,

我问:"哪个时候

你流到她的家乡?"

水不答我话，

这一夜

沉默落在我的心上。

　　一九三一，安庆

　　选自《诗刊》1931 年第 3 期

信

沈祖牟

冬夜，有娇红的玫瑰

开上桃色的笺，我醉，

一字一句让天真安配，

我听见满天星斗的飞。

"我该写什么给你呢？"

一支秃笔老不争气，

我想，这该是一场空欢喜，

轻轻的又翻过一张白纸。

　　十一月九夜，福州

　　选自《诗刊》第 4 期（1932 年 7 月 30 日）

狮子①

——悼志摩

胡适

狮子蹲伏在我的背后，

软绵绵的他总不肯走。

我正要推他下去，

忽然想起了死去的朋友。

一只手拍着打呼的猫，

两滴眼泪湿了衣袖：

"狮子，你好好的睡罢，

——你也失掉了一个好朋友。"

廿，十二，四。

选自《诗刊》第 4 期（1932 年 7 月 30 日）

我说这是最后一次的眼泪了

巴金

我说，这是最后一次的眼泪了，

哭泣是一件很可羞耻的事。

这里躺着一具一具的血腥的尸体，

————————

①狮子是志摩住我家时最喜欢的猫。——原注

那里躺着一堆一堆的建筑的余烬。

抢呵，杀呵，烧呵！——在一阵疯狂的欢呼中，

武士道的军人摇着太阳旗过去了。

机关枪——炸弹——长铳！

许多兄弟的工作白费了，

许多兄弟的房屋烧毁了，

许多兄弟的生命丧失了。

我们哀哀地哭着。

我说，这是最后一次的眼泪了，

哭泣是一件很可羞耻的事。

我说这是最后一次的眼泪了，

哭泣是一件很可羞耻的事。

黑暗的夜，恐怖的日。

火光，枪声，兽的呐喊，人的哀泣。

刺刀上悬挂着小孩的身体，暖热的血一点一点往下滴；

大街上蜷伏有老妇的瘦躯，被武士们当作了死狗乱踢。

许多母亲，许多儿子，

我们的，我们兄弟的，

就这样和平地被屠杀了。

我们哀哀地哭着。

我说，这是最后一次的眼泪了，

哭泣是一件很可羞耻的事。

我说这是最后一次的眼泪了，

哭泣是一件很可羞耻的事。

眼泪，眼泪，眼泪……我们的眼泪；

哀泣，哀泣，哀泣……我们的哀泣。

屠杀，屠杀，屠杀……武士的屠杀；

狂欢，狂欢，狂欢……武士的狂欢。

武士的酒……………我们的血，泪；

武士的肴……………我们的骨，肉。

武士道，江户儿，大和魂，

我们的血，我们的泪，我们的心。

武士得意，喉鸣

我们哀哭，呻吟。

我说，这是最后一次的眼泪了，

哭泣是一件很可羞耻的事。

我说这是最后一次的眼泪了，

哭泣是一件很可羞耻的事。

我们的眼泪已经流得够多了！

这给人做枪靶子的生活也过得够多了。

我们的血管里流着人的血，

我们的胸膛里有着人的心：

我们要站起来，像一个人。

我们要表示出来，不是任人屠杀的猪群，羊群

我们要自己来决定我们的命运。

我说，这是最后一次的眼泪了，

哭泣是一件很可羞耻的事。

九月二十九日，深夜

选自《小说月报》第 22 卷第 11 号（1931 年 11 月 10 日）

招魂

孙大雨

你去了，你去了，志摩，
一天的浓雾
掩护着你向那边，
月明和星子中间，
一去不再来的莽莽的长途。

没有，没有去？我见你
在风前水里
披着淡淡的朝阳，
跨着浮云的车辆，
倏然的显现又倏然的隐避。

快回来。百万颗灿烂
点着那深蓝；
那去处阔得可怕，
那儿的冷风太大，
一片沉死的静默你过得惯？

十二月二日

选自《北晨学员哀悼志摩专号》（1931 年 12 月）

都市巡礼曲

番草

当我在饥饿漫流着的群潮里涌汹趋向前方，
未来命令着我们去承继世界，我并不怅徨。

交通机关的音乐与汽笛在旋律着现代的交响乐，
电流的空间里梦一般的高耸着那纵横的几何学。

柏油的黑流穿贯着地产，士敏土向空际开展着嘲笑，
烟底束准合在煤底风的蠕动中，表演着巨人的舞踏。

金星不再闪烁她的眼眸，谁有空闲去抒情，幻想，
月光纱样的轻拂着立体底影，消没于白茫茫光的怀抱中。

喊嚣与行动像失望似的充实着街头——你这都市底旋风，
夜消逝了过去那死一般的权威，只在暗角里颤抖着蒙眬。

铝底翼翅在震动，阴暗的林里逃避着夜莺及其恋曲，
代希尔在奔放着，马连在怒吼着，代替音乐的幽郁。

钢铁底虹伫立在满布着黑睡莲的金属底河流上，
电底星座笼罩着汽油的馨馥，舞女在沉思着一样。

行动着，奔放着，喊嚣着，跃跳着，骚动像规律般的把握着都市。

同时，有条暗索在给她以统一，以组织，将她连系到火力的统治。

当我在饥饿漫流着的群潮里汹涌趋向前方，

未来命令着我们去承继世界，我并不怅惶。

　　　　一九三一春，作于吴淞之滨

　　　　选自《现代文艺》1931 年第 1 卷第 2 期

永别了，我的故乡（在吉林车站）①

穆木天

永别了，我的故乡，

我的云山苍茫的故乡，

我的白雪笼罩的故乡，

我的烟雾沉沉的故乡……

今日啊，我拿着我的行囊，

在这铅灰色的清冷的早上，

我不得已要离开你的怀中，

在我在里边待过这半年之后。

今天这车站是特别的清冷，

————————————

①该诗为穆木天《别乡曲》系列之一。

只有几个农民在那里擦手，吹气，
我拒绝了一切要送我的朋友，
他们的送别只是加重我的担荷。

往日啊，我是想把你早早离开，
今日啊，我对你却是眷眷不舍，
往日啊，我非常憎恨那在你里边盘踞的禽兽，
今日啊，我却怕你永沦于腥膻。

今日啊，我把你前前后后想来想去，
我想着日本的利刃，军阀政客的刀锯，
农村的破产，农民的无知，
青年们欲受却受不到教育。

我想着你的法界的贿赂公行，
我想着你的军警的恣意抢掠，
我想着你那挂革命招牌的自治人员，
在勾结土豪地痞任意敲诈迫害乡民。

往日啊，或者我们还希望易帜，
但今日易帜却成为他们榨取的护符，
他们有人把热河行宫的古器搬入他们的私宅，
他们有人还计划为胡帅建修纪念的碑阁。
我想着因讲"祖先崇拜论"所起的风潮，
我想着因读"白屋文话"查封了一个学校，
我想着狱中的那些无辜的朋友，

我想着那些出入无路的学校的青年。

我，想来想去，待在清冷的驿中，
我，在无多人的这车厢里边，驰想，
故乡啊，我想也许你永远流于腥膻，
故乡啊，容许你永远到不了水平线上。

永别了，我的故乡：
我的云山苍茫的故乡，
我的白雪笼罩的故乡，
我的烟雾沉沉的故乡！

　　一九三一年
　　选自《北斗》1931 年第 1 卷第 4 期

一点灰尘

王一心

（1）

　　一点灰尘，一点灰尘，
一点灰尘落上了桃花的纸笺，
　　一片白云，一片白云，
一片白云飞上了紫色的山巅。

（2）

　　一缕青烟，一缕青烟，

一缕青烟装在玻璃瓶里徘徊，

　　一个老人，一个老人，

一个老人紧紧抱着骷髅接吻。

　　选自《青年界》1931 年第 1 卷第 4 期

乐和光①

刘梦苇

我诅咒着人间的音乐，

因为它是单调不过；

我想我俩底心琴合奏，

那将是怎般地调和？

我更要诅咒那一切的光亮，

除了你谁也不是我的太阳；

倒不如倒不如率性夜了，

梦魂中我们还可以来往。

　　选自《北大学生》1931 年第 1 卷第 5 ~ 6 期

————————

①《夜夜的心（续）》系列之九。

太阳的光

虞岫云

太阳从山顶上的云里，

钻出了一丝丝的光彩；

受到热力的只有西边的半山！

虽说太阳的惠施布满了人间，

可是在这一霎时，

你也得有些偏袒。

选自《民力》1931 年第 1 卷第 9 期

泰山①

徐志摩

山！

你的阔大的巉岩，

像是绝海的惊涛，

忽地飞来，

　凌空

　不动，

---

① 该诗发表时署名为志摩。

在沉默的承受

日月与云霞拥戴的光豪；

更有万千星斗

　　错落

在你的胸怀，

向诉说

隐奥

蕴藏在

岩石的核心与崔嵬的天外！

选自《新月》1931 年第 3 卷第 9 期

一支芦笛

孙大雨

自从我有了这一支芦笛，

总是坐守着黄昏看天明，

又望得西天乌乌的发黑；

从来我不曾吹弄过一声，

我生怕人天各界要心惊。

我只需轻轻地吹上一声，

文凤，苍鹰，与负天的鹏鸟，

山中海上不经见的奇禽，

经不起这一声青芦号召，

都会飞舞着纷纷的来朝。

要是我随口吹上了两声，

不知要吹出几多的懊恼，

几多骇人的失望与欢欣；

萧霜的白发会回复年少，

少年人顿时变成了衰老。

我假如放胆吹得第三声，

就有阵阵的天风高缅邈，

吹落那一天的日月星辰，

吹得长虹四窜兮仙山倒，

弥陀拍手兮麻姑哈哈笑。

自从我有了这一支芦笛，

总是坐守着黄昏看天明，

又望得西山乌乌的发黑；

从来我不敢吹弄过一声，

我生怕人天各界要心惊。

　　　　选自《新月》1931 年第 3 卷第 10 期

老之将至

戴望舒

我怕自己将慢慢地慢慢地老去，

随着那迟迟寂寂的时间，

而那每一个迟迟寂寂的时间，

是将重重地载着无量的怅惜的。

而在我坚而冷的圈椅中，在日暮，

我将看见，在我昏花的眼前

飘过那些模糊的暗淡的影子；

一片娇柔的微笑，一只纤纤的手，

几双燃着火焰的眼睛，

或是几点耀着珠光的眼泪。

是的，我将记不清楚了：

在我耳边低声软语着

"在最适当的地方放下你的嘴唇"的，

是那樱花一般的百合子吗？

那是茹丽苔吗，飘着懒倦的眼，

要我为她卸了锦缎的鞋子？

这些，我将都记不清楚了，

因为我老了。

我说，我是担心着怕老去，

怕这些记忆凋残了，

一片一片地，像花一样，

只留着垂枯的枝条，孤独地。

红色的夏天

邵冠华

云儿吞没日光，像羊皮纸遮掩天空，在晚上。

为了烦闷，蝉声穿过桑芽了，在晚上。

铅针似的 Thorns 暗得可以躲人，在晚上。

悲哀像稀星沉落，在晚上。

诗人底叹息喷出，像白燕飞向蔚蓝天，在晚上。

想惊动火焰的风儿在唱 Lullaby 的调子了，在晚上。

选自《小说月报》1931 年第 22 卷第 1 期

那一晚①

林徽因

那一晚我的船推出了河心，

澄蓝的天上照着有密密的星，

那一晚两岸里闪映着灯光；

你眼里含着泪，我心里着了慌。

———————

①该诗发表时署名为尺棰。

那一晚你的手牵着我的手，
迷惘的黑夜封锁起重愁。
那一晚你和我分定了方向，
两人各认取个生活的模样。

到如今我的船仍然在海面漂，
细弱的桅杆常在风涛里摇。
到如今太阳只在我背后徘徊
层层的阴影留守在我的周围。
到如今我还记着那一晚的天
星光，眼泪，白茫茫的江边！
到如今我还想念你岸上的耕种：
红花儿黄花儿朵朵的生动。

那一天我希望要走到了顶层，
蜜一般酿出那记忆的滋润。
那一天我要挎上带羽翼的箭，
望着你花园里射一个满弦。
那一天你要听到鸟般的歌唱，
那便是我静候着你的赞赏。
那一天你要看到零乱的花影，
那便是我私闯入当年的边境！

选自《诗刊》1931 年 4 月第 2 期

生之矛盾

慈侠如

我将火纸渍了油脂裹在身，

那会儿，我决意给自己烧死。

我知道在死的一刹那也熄不了火焰，

你的影子也不会就在这里显现。

我却要喊你一声，我要找住你；

我要找着你踢开这堆骨灰，你这精魂！

听，意志向我求生，它骂我：

"你真愚笨，世界上成功的，谁不都是干成？

你看你这样精壮，这样年轻，有你的血，你的心

…………

你莫，切莫没长进，为一股青烟迷住。

你再来，再来，彻底保住你唯一的崇信。"

这光景可真软了我的手，

我惭愧，失落了刚才的决心。

我不管，好歹是我自己一人，

奋起！继续我的工程，我将一条索

系住我的心，不许它再有响动。

但，跨进人群的大围，看见有人出汗，

有人流血，有人在拼命，……

有人抓住我，说我红了眼睛；

不许我在这里有自由，捶好一把锁，

将我的双手勒紧。

这下场叫我痛苦万分，在不得生死的自由，

连鸥鹨也不再给我留恋。可怜，

我是再也没有厮拼的可能！

选自《塔铃》1931 年第 5 ~ 6 期

我不知道风是在哪一个方向吹

徐志摩

我不知道风

是在哪一个方向吹——

我是在梦中，

在梦的轻波里依洄。

我不知道风

是在哪一个方向吹——

我是在梦中，

她的温存，我的迷醉。

我不知道风

是在哪一个方向吹——

我是在梦中，

甜美是梦里的光辉。

我不知道风

是在哪一个方向吹——

我是在梦中，

她的负心，我的伤悲。

我不知道风

是在哪一个方向吹——

我是在梦中，

在梦的悲哀里心碎！

我不知道风

是在哪一个方向吹——

我是在梦中，

黯淡是梦里的光辉。

　　　　选自《文艺半月刊》1931 年第 6 期

水手

刘延陵

月在天上，

船在海上，

他两只手捧住面孔，

躲在摆舵的黑暗地方。

他怕见月儿眨眼，

海儿掀浪

引他看水天接处的故乡。

但他却想到了，

石榴花开得鲜明的井旁，

那人儿正架竹子，

晒她的青布衣裳。

选自《风藻》1931 年第 11 期

热情开了泪花

黄震遐

那不死的一夜，我选了你，

天晓得我不敢说我爱你。

头上有星星有呢喃的晚风，

在幻灯下，在一双明眸里，

慢慢地，你那小巧的面庞轻轻地垂下，

一抬头，一流盼，正对着我——

好像隔了一层嫩露交织的纱，

热情开了泪花。

选自《星期文艺》1931 年第 11 期

1932年

老马

臧克家

总得叫大车装个够，
它横竖不说一句话，
背上的压力往肉里扣，
它把头沉重地垂下！

这刻不知道下刻的命，
它有泪只往心里咽，
眼里飘来一道鞭影，
它抬头望望前面。

四，一九三二

选自臧克家著《烙印》，开明书店，1934 年 3 月版

印象

戴望舒

是飘落深谷去的
幽微的铃声吧，
是航到烟水去的
小小的渔船吧，
如果是青色的珍珠；

它已堕到古井的暗水里。

林梢闪着的颓唐的残阳，
它轻轻地敛去了
跟着脸上浅浅的微笑。

从一个寂寞的地方起来的，
迢遥的，寂寞的呜咽，
又徐徐回到寂寞的地方、寂寞地。

　　　选自《现代》创刊号（1932 年 5 月 1 日）

炭鬼

臧克家

鬼都望着害怕的黑井筒，
真奇怪，偏偏有人活在里边，
未进去之先，还是亲手用指印
在生死文书上写着情愿。

没有日头和月亮，
昼夜连成了一条线，
活着专为了和炭块对命，
是几时结下了不解的仇怨？

他们的脸是暗夜的天空，

汗珠给它流上条银河，

放射光亮的一双眼睛，

像两个月亮在天空闪烁。

你不要愁这样的日子没法消磨，

他们的生命随时可以打住：

魔鬼在壁峰上点起天火，

地下的神水突然涌出。

他们不曾把死放在心上，

常拿伙伴的惨死说着玩，

他们把死后的抚恤

和妻子的生活连在一起看。

他们也有个快活的时候，

当白干直向喉咙里灌，

一直醉成一朵泥块，

黑花便在梦里开满。

别看现在他们比猪还蠢，

有那一天，心上迸出个突然的勇敢，

捣碎这黑暗的囚牢，

头顶落下一个光天。

　　五，一九三二。

　　选自《人间世》1935 年第 40 期

山河

饶孟侃

我不等天明就上了山，
借星光望自己的山河
原野，望烟瘴外的津关；

想起古人真值得讴歌，
鸡一啼他就起来舞剑，
防那边塞隐伏的干戈。

记得当年只烽火一现，
是个好男儿都会弯弓
跨马，去救多事的中原。

还有长城那时更威风！
它始终锁着，不让胡笳
来篡夺琴和瑟的光荣。

可是今回锦绣的华夏，
只剩些酣歌醉眠的人，
他只怨弟兄不恨冤家。

难道这噩梦真的不醒？

请问如今咱们的同胞，

谁是神州共傲的子孙？

失却的光荣有谁去找？

谁雪得了当前这耻辱。

来披大家献上的锦袍？

你听，那沙场上的惊鼓，

已经在催壮士们出来，

为什么你还恋着妻孥？

只要是山河还留得在，

反正有的是名胜地方，

就算不幸你进了泉台，

也会造纪念你的庙堂。

选自《诗刊》第 4 期（1932 年 7 月 30 日）

别丢掉①

林徽因

别丢掉

这一把过往的热情，

---

①该诗发表时署名为徽因。

现在流水似的，

轻轻

在幽冷的山泉底，

在黑夜，在松林，

叹息似的渺茫，

你仍要保存着那真！

一样是月明，

一样是隔山灯火，

满天的星，

只使人不见，

梦似的挂起，

你问黑夜要回

那一句话——你仍得相信

山谷中留着

有那回音！

二十一年夏

选自《大公报·文艺》第 110 期（1936 年 3 月 15 日）

往事集自序

冰心

我是一个盲者，

　　看不见生命的道途，

只听凭着竿头的孩子，

　　走着跳着的引领，

　　一步步的踏入通衢。

心头有说不出的虚空与寂静，

　　心头有说不出的迷惘与糊涂；

小孩子，你缓一缓脚步，

　　让我歇在这凉阴的墙隅。

听人声喧哗着四面，

　　对我在不住的传呼；

我起身整一整衣袂

　　擦了擦脸上的汗污。

小孩子你别走远了，

　　你与我仍旧搀扶！

摸索着拾起琵琶

　　　调着弦子，

我整顿起无限的欢愉。

第一部曲是神仙故事，

　　故事里有神女与仙姑；

围绕着她们天花绚烂，

　　我弦索上迸落着明珠。

我听得见人声哗赞，

哗赞这热闹的须臾；
我只是微微的笑着，
　　笑着领受了这无谓的称诛。

第二部曲我又在弹奏，
　　我唱着人世的欢娱：
鸳鸯对对的浮泳，
　　凤凰将引着九雏。

人世间只有同情和爱恋，
人世间只有互助与匡扶：
　　深山里兔儿相伴着狮子，
　　海底下长鲸回护着珊瑚。

我听得见大家嘘气，
　　又似乎在搔首捋须；
我听得见人家在笑，
　　笑我这般的幼稚，痴愚⋯⋯

失望里猛一声的弦音低降，
　　弦梢上露出了人生的虚无。
我越弹越觉得琴弦紧涩，
　　越唱越觉得声咽喉枯！

这一来倒合了人家心事，
　　我听见欣赏的嗟吁。

只无人怜惜这干渴的歌者，
　　无人怜惜她衣汗的沾濡！

人世间是同情带着虚伪，
人世间是爱恋带着装诬……
　　我唱到伤感凄凉时节，
　　我听见人声悄悄的奔趋。

第三部曲还未开始，
　　我已是孤坐在中衢，——
四围听不见一毫声息，
　　只有秋风，零叶，与啼鸟！

抱着琵琶我挣扎着站起，
　　疼酸刺透了肌肤。
竿头的孩子哪里去了，
　　我摸索着含泪哀呼。

小孩子，你天真已被众生伤损，
　　大人的罪过摧毁了你无辜，
觉悟后的彷徨使你不敢引导，
　　你茫然的走了，把我撇在中途！

我拼着踽踽的曳着竿儿走去，
　　我仍要穿过大邑与通都！
第三部曲我仍要高唱，

要歌音填满了人生的虚无！

一九二九年六月三日夜。北平

选自冰心著《冰心诗集》，北新书局，1932 年 8 月版

她像

方令孺

她像是夏夜的流萤，
光明随着季候消尽。

是海上的渔火，
在波涛里闪烁。

她像一缕轻云，
随着秋风浮沉。

更像深林里的枭鸟，
只爱对着幽暗默祷。

我从哀梦里醒来，
我哭风吹动长槐。

选自《诗刊》1932 年第 4 期

她来了

梁镇

她来了，颊上的云涡退了又漩起，
　你留心那步履的轻匀，身腰的笑，
天上的太阳谁说忽地降到这里！
　她来了，颊上的云涡退了又漩起。
我不爱水莲，不爱它翡翠的艳丽，
　在娇美的飞禽中我不爱金丝鸟，
她来了，颊上的云涡退了又漩起，
　你留心那步履的轻匀，身腰的笑！

　　　　十二月二十一日，上海

　　　　选自 1932 年《诗刊》第 4 期

普陀晨歌

常任侠

早晨我裸卧在最高的岩石上，
一丝不挂的迎着朝曦，
向远天大声呼啸，
狂肆无忌的张开肢体。

一万叠海波向我朝拜，

一阵海风想把我举起。

我抓住西去的白云，

告诉山与海苍天与大地——

回答我：我的野萝英呢？

　　　我的野萝英呢？

我用千步平沙作纸，

以纵横五尺大的字迹，

写成疯狂的诗句。

让朝阳镀以耀眼的金光，

让天风吹，让海潮来冲洗。

海向我饥渴的拥抱，

一道白沫一声失望的叹息。

我独立痴望着远山，

虔诚的向万灵致语——

回答我：我的野萝英呢？

　　　我的野萝英呢？

八月一日在普陀

选自《创作与批评》1934 年第 1 卷第 3 期

诗

张露薇

怕惊动了草叶上的一点宁静：

合上眼便捉不住奔放的思维，

你和我，竟是一团遗弃的死灰。

我静静地听那身旁的一对老人，

他们只仓皇的道出一"老"字。

战败的太阳失落了它的金箭，

羞红得像鸡冠似的，那逍遥的山峦。

　　一九三二，九月八日

　　　选自《清华周刊》1932 年第 38 卷第 2 期

红叶

老舍

将完成了一年的工作，

光荣得叶儿也像玫瑰，

怎受得住重阳后的西风？

得不憔悴，谁肯，

就连一钉星儿，自甘憔悴！

在秋风里，就在秋风里，

舞吧，秋风送来的到底是音乐。

舞恼了秋风，晚霞儿欲睡，

舞吧，乘着那欲圆未圆的明月。

流尽了西风，流不尽英雄血；

舞吧，每一片红叶！

山腰水畔，点染的是胭脂血，舞吧，

连影儿，也左右回旋着红的黄的音乐。

生命最后要不红得像晴霞，当初为何

接受那甘露甘霖，大自然的宝液？

适者生存焉知不是忍辱投降；

努力的，努力的，呼着光荣的毁灭！

草儿低头，虫儿不响，一夜秋霜，

只有红叶，哪怕是孤单的一小片红叶，

还舞着；菊花虽好，怎奈不会飞翔，

是我，只是我，在菊花时节，

舞残重阳后的明月！

廿一年，九，一八。

选自《微音月刊》1932 年第 2 卷第 7～8 期

乡愁

李广田

在这座古城的静夜里，

听到了在故乡听过的明笛，

虽说是千山万水的相隔罢，

却也有同样忧伤的歌吹。

偶然间忆到了心头的，

却并非久别的父和母。

只是故园旁边的小池塘，

萧风中，池塘两岸的芦与荻。

一九三二年十月

选自卞之琳编《汉园集》，上海商务印书馆，1936 年 3 月版

双十节

黑丁

我凝眸于往事的记忆，

银灰色的日子轻快易如水流的，

他曾绘过一幅金红的图画的花，

这日子如一个年老的画家，

这锋利的刃曾割除毒病的起源，

日子就如医师运思下的手底；

为了纪念这太高贵的功绩，

拓荒者的余力是该有更显见的呈献的，

但于今的日子却已镀上太多的锈，

而且还染有像 Rickety 的疑症呢？

选自《扫荡画报》1935 年双十特刊

几个人

卞之琳

叫卖的喊一声"冰糖葫芦"，

吃了一口灰像满不在乎；

提鸟笼的望着天上的白鸽，

自在的脚步踩过了沙河，

当一个年轻人在荒街上沉思。

卖萝卜的空挥着磨亮的小刀，

一担红萝卜在夕阳里傻笑，

当一个年轻人在荒街上沉思。

矮叫花子痴看着自己的长影子，

当一个年轻人在荒街上沉思。

有些人捧着一碗饭叹气，

有些人半夜里听别人底梦话，

有些人白发上戴一朵红花，

像雪野底边缘上托一轮落日……

十月十日，一九三二。

选自《东方杂志》1933 年第 30 卷第 13 期

嫌厌

施蛰存

回旋着，回旋着，
永久环行的轮子。
一只眼看着下注的
红的绿的和白的筹码，
一只眼，无须说，是看着
那不敢希望它停止的轮子。
但还有——还有一只眼，
使我看见了
那个瘦削的媚脸，
涌现在轮子的圆涡里。

回旋着，回旋着，
她底神秘的多思绪的眼，
紧注着我——
红的绿的象牙，
遂忘情地被抛撇了，
像花蕊缤纷地堕下流水。
嗫讷的嘴唇
吹不出习惯的口哨，
浆挺的胸褶
才给我以太硬的感觉。

回旋着，回旋着，
我是在火车的行程里，
绕着圆圈退隐下去的
异乡的田园，城郭，
村舍，河流，与陵阜
全不觉得可恋哪
去！让它们退去，
万水千山，悠远的途程哪！

回旋着，回旋着，
唯有这瘦削的媚脸，
永远在回环的风景上。
我要向她附耳私语：
"我们一同归去，安息
在我们底木板房中，
饮着家酿的蜂蜜，
卷帘看秋晨之残月。"
但是，我没有说，
夸大的"桀骜"禁抑了我。

回旋着，回旋着，
我是在无尽的归程里。
指南针虽向着家园，
但我希望它是错了，
我祈求天，永远地让我迷路。

对于这神异的瘦削的脸，

我负了杀人犯的隐慝，

虽然渴念着，企慕着，

而我没有吩咐停车的勇气。

选自《现代》第 2 卷第 1 期（1932 年 11 月 1 日）

乐园鸟

戴望舒

飞着，飞着，春，夏，秋，冬，

昼夜，没有休止，华羽的乐园鸟，

这是幸福的云游呢，

还是永恒的苦役？

渴的时候也饮露，

饥的时候也饮露，

华羽的乐园鸟，

这是神仙的佳肴呢，

还是为了对于天的乡思？

是从乐园里来的呢，

还是到乐园里去的，

华羽的乐园鸟，

在茫茫的青空中

怎样辨识你的路途啊？

假使你是从乐园里来的
可以对我们说吗，
华羽的乐园鸟，
自从亚当夏娃被驱后，
那天上的花园已荒芜到怎样了？

选自《现代》第 2 卷第 1 期（1932 年 11 月 1 日）

寻梦者

戴望舒

梦会开出花来的，
梦会开出娇艳的花来的：
去寻求无价的珍宝吧。

在青色的大海里，
在青色的大海的底里，
深藏着金色的贝一枚。

你去攀九年的冰山吧，
你去航九年的瀚海吧，
然后你逢到那金色的贝。

它有天上的云雨声，

它有海上的风涛声，

它会使你的心沉醉。

把它在海里养九年，

把它在天水里养九年，

然后，它在一个暗夜里开绽了。

当你鬓发斑斑了的时候，

当你眼睛蒙眬了的时候，

金色的贝吐出桃色的珠。

把桃色珠放在你怀里，

把桃色珠放在你枕边，

于是一个梦静静地升上来了。

你的梦开出花来，

你的梦开出娇艳的花来了，

在你已衰老了的时候。

选自《现代》第 2 卷第 1 期（1932 年 11 月 1 日）

深闭的园子

戴望舒

五月的园子

已花繁叶满了，
浓荫里却静无鸟喧。

小径已铺满苔藓，
而篱门的锁也锈了——
主人却在迢遥的太阳下。

在迢遥的太阳下，
也有璀璨的园林吗？

陌生人在篱边探首，
空想着天外的主人。

选自《现代》第 2 卷第 1 期（1932 年 11 月 1 日）

新莲花
——田家新春

林木瓜

"三一三十一"，
年年如一日。
财主年年年初一，
穷人日日年三十。
天皇皇，地皇皇，
穷人日日年三十。

三脚木床稻草褥，

一条单被过年冬。

吃粗糠，住草房，

年年苦做日日忙。

天皇皇，地皇皇，

到今朝只喝着白汤。

锄头上，镰刀下，

日日耕种年年荒。

铁耙重又重，

老牛泪汪汪。

天皇皇，地皇皇，

谁知道我们肚子闹着荒。

高大楼前红灯亮，

小姐身上"千里香"。

丝上丝，皮上皮，

长的旗袍短大衣。

天皇皇，地皇皇，

谁知道我们穿着破衣裳。

金锣声，大鼓音，

"恭喜发财"笑盈盈。

"九一八"，"一·二八"

"国难"声里来迎新。

有钱的人好过年，

只有我们最冤心。

天皇皇，地皇皇，

我们的田园满眼荒凉。

牧师说：

"可怜的孩子们

千万不要伤心。

这是上帝的意思，

你要尽心尽意服侍人。

'贫穷的人才是福，

因为天国有你份'，

圣经上面有条文。"

英雄说：

"可怜的孩子们，

千万不要灰心，

'吃得苦中苦，

方为人上人。'

成家立业全在人，

你要忍苦前进。"

财主说：

"可怜的孩子们，

千万不要多心！

'命中有财财自有，

命中无财勿强求。'
安心，安命，
天帝不是没眼睛，
命运原是前生定。"

"公有公的话，
婆有婆的理。"
粗笨的农民——
哪懂得大道理。

只晓得：
财主喝我们的血，
土劣剥我们的皮。
天皇皇，地皇皇，
我们的性命真真危。
"石子也有翻身日"，
何况我们还是"人"？
千年压迫万重深，
如今要负起大众的责任。
天皇皇，地皇皇，
大家起来做个"人"。

靠拢，靠拢！
紧紧地靠拢，
朋友们！
不做地主的臣仆，

要做世界的主人。

天皇皇，地皇皇，

要做人类的忠臣。

一九三二年夜末

选自《新诗歌》第 1 卷第 1 期（1933 年 2 月 11 日）

烙印

臧克家

生怕回头向过去望，

我狡猾的说"人生是个谎"，

痛苦在我心上打个印烙，

刻刻警醒我这是在生活。

我不住的抚摩这印烙，

忽然红光上灼起了毒火，

火花里迸出一串歌声，

件件唱着生命的不幸。

我从不把悲痛向人诉说，

我知道那是一个罪过，

混沌的活着什么也不觉，

既然是谜，就不该把底点破。

我嚼着苦汁营生，

像一条吃巴豆的虫，

把个心提在半空，

连呼吸都觉得沉重。

一九三二

选自臧克家著《烙印》，开明书店，1934 年 3 月版

沪之雨夜

林庚

来在沪上的雨夜里

听街上汽车逝过

檐间的雨漏乃如高山流水

打着柄杭州的油伞出去吧

雨水湿了一片柏油路

巷中楼上有人拉南胡

是一曲似不关心的幽怨

孟姜女寻夫到长城

选自林庚著《春野与窗》，开明书店，1932 年版

暮

林庚

屋顶的炊烟散入四方
夜欲收拾凌乱的村舍
家家的双扉深闭上
模糊中路上的行人
渐渐踏上了熟识的路
履声传到远处
招来一个同样的人了
履声从对面走来

选自林庚著《春野与窗》，开明书店，1932 年版

夏日小景

施蛰存

一　蛏子

夜的极司斐尔公园，
满是缄默的蛏子。
在月光的海水里，
投露了纤瘦的素足，

来来往往地浮沉在荇藻上。

二　沙利文

我说，沙利文是很热的，
连它底刨冰的雪花上的
那个少女的大黑眼，
在我不知道的时候以前，
都使我的 Fancy Suudaes 融化了。
我说，沙利文是很热的。

选自《现代》1932 年第 1 卷第 2 期

殉道

罗念生

生不容易，死更不容易，
这几千年才死了两人：
那是耶稣和苏格拉底，
为信仰和真理无畏的牺牲，

哦，你们这古代的圣贤，
你们像火鸢死后重生；
行为的果敢，与信道的贞坚
你们超过了时空的准绳。

你们雅典人，和法利赛人，
你们的罪恶已经恕免：
　　要不是你们的天良蔽尽，
真和善永远不能出现。

　　雷陀，柏拉图，和十二个门徒，
你们不必痛哭伤心；
　　要不是有人把血来叠涂，
这人间何来幸福的钟声？

选自《青年界》1932 年第 2 卷第 1 期

怀乡曲

莲子

寄，缠绵地寄，寄我底童年的心，
寄我底柔情，我底忧郁的柔情，
从这里，烟筒上舞踊着煤气的这里，
寄给辽远的土地，那衰老了的故乡的土地。

在故乡的白云下，我曾经跳过也欢笑过，
那曾经载过我底跳跃，我底欢笑的土地，
如今是老了，如像那故乡的老了的槐树，
再没有你底哗笑，只听见，你成天的唏嘘！

从那些被饥饿带来的，被命运赶来的，
如像秋风卷来了故乡的衰老了的槐树的落叶，
从那些失去了家的，从故乡漂流来的光身汉的口里，
我知道，朝晚伴在你身边，只有你过去的回忆！

从他们的口里递到我的耳里，像你亲口一样，
像看到一幕电影，一幕流离的电影一样：
在你茅屋的廊下，已没有娇小的姑娘闲坐着纺纱，
在你绿着凤尾草的河畔，再听不见牧童底喧哗；

也没有闹春的彩灯红在元宵的黄昏，
逢到春秋的社日也无祭酒滴上庙前的草坪，
家家的窗畔终年飘着颤抖的唤饿的声音，
到了寒冬也只披着破烂的衣衫在风雪中迎春；

那长着耒耜一样的臂的，长着犁一样的掌的，
昔日曾经笑着，歌唱着，又耕耘者青青的田野的，
此刻已漂流到了都会，漂流到了火线，
他们漂流到了远方，漂流到了死亡；

只剩了衰老，饥饿，痛苦，疾病，一切的不幸，
在早晨青色的风里，在黄昏莲紫色的月里，
用温柔的手，轻轻地，又永远地，爱抚着你，
让你对着它们底爱怜，交织你老去的悲哀！

但你是喂过我奶汁的，我饮过了你底血液的，
我心如乱麻地，听到了你底老去的消息；
今朝真禁不住要在这烟筒上舞踊着煤气的这里，
寄我底忧郁的乡情，寄给你老去了的土地。

选自《青年界》1932 年第 2 卷第 1 期

桃色的云

施蛰存

在夕暮的残霞里，
从烟囱林中升上来的
大朵的桃色的云，
美丽哪，烟煤做的，
透明的，桃色的云。

但桃色的云是不长久的，
一会儿，落日就疲怠地
沉下大西路去了。

雀噪鸦啼的女织工
从逼窄的铁门中涌出来时，
美丽的桃色的云
就变做在夏季的山谷中
酿造狂气的暴雨的

沉重而可怕的乌云了。

选自《现代（上海 1932）》第 2 卷第 1 期

三叠令

朱湘

我还是一个孩子，
沙滩里盖着楼房。
忧虑的常时自思
我还是一个孩子，
不懂"建国"这名词，
只知堆砌起文章……
我还是一个孩子，
沙滩里盖着楼房。

选自《青年界》1932 年第 2 卷第 5 期

一夜

孙洵侯

一夜我悄悄的伫立你门口，
　悄悄的瞅着月亮西坠；
黑夜轻轻在云的顶上蹼过，
　担心脚步惊动你的睡。

那远处伏着紫金山的雄伟，
　　月光照亮它身上银盔，
愧我没有不可摇撼的峨巍，
　　深夜里我惴惴的徘徊。

柔和的夜里不分开丑和美
　　月光为你染上一层彩；
云吻着山山吻天静静的睡，
　　人间的我们为甚分开？

像浪涛是我心叩黑暗的门，
　　不敢抬眼看你的窗檐；
今夜的月亮是白缘了彩纹；
　　微风吹不醒梦里的人。

近天亮的寒风吹得我颤抖，
　　这该是我回家的时候。
云天为大地披一身缁绤，
　　一份黯淡的礼我收受。

这青蛙的催促像一阵急雨，
　　天光逼黑夜走下地底，
我惴惴的来了再惴惴的去，
　　压着心跳不曾惊动你。

追求

陆志韦

啊！为什么不，为什么不

埋葬了纯钢宝剑，

回蛮荒家去，种山吃饭，

管这些人情事变！

晓风的翅膀上偎着的梦，

恍惚朦胧的一面。

早晨从桥上到市上追寻，

到向晚没有会见。

肩膀擦肩膀，笑换笑，

我也来卖柴买面。

有谁能认识旷野的雄心，

看透这市场的蠢脸！

或者当蝙蝠出来觅食，

这梦景会从新发现。

梦不来时空追求。

啊！对这斜阳有什么流连！

选自《紫晶》1932 年第 4 卷第 1 期

恋歌

老舍

　　自从梦笔生花，才思赡富，真乃风声鹤唳，草木皆诗，信手拾
来，俱饶奇恋。现已将瓜皮小帽换为桂冠，特此声明，谨防假冒。

自从那天我看见您，姑娘，
我才开始觉得了生命。
您看，往常一顿吃四个馍馍，
那天，我吃了整整一个锅饼；
我那憧憬之胃，正如那歇司特力之心，
从那天起，一齐十二分的发痛！
您那满身的曲线，和
那双安琪儿的眼睛，
我告诉您，我若是敢形容，
便是天大的反革命！
我愿化为一只可爱的小猫，
在您怀中咕噜咕噜，三年也咕噜不净，
咕噜的都是妹妹我爱您，
毛毛雨，和请您看电影。
姑娘，你发点慈悲，为您
我害着相思与胃病！

我在梦中，唤过您多少声

"笛耳"，和多少声"大耳令"，

那只因为，慈心的姑娘，

我还不晓得您的名和姓。

告诉我吧，您是姓张，王，

李，赵，还是洋钱声儿的宋？

你若不肯，我只好学福尔摩斯，

四面八方用科学方法去打听。

先告诉您些，我不完全属于

无产阶级，但您如愿意，我也可以去革命；

你若不以为然，那么，

我可以坐着汽车天天把鲜花送。

只要您愿意，什么都成，

您一张嘴，咱们马上可以把婚订。

我现在是真正的独身，虽然

在乡间，有个老婆脸黑得像吕宋；

那不要紧，您自然也不在乎；您更应当

可怜我，那是有志青年的大不幸；

假如你在乎，我向天赌誓，明天，

明天我就下乡把她往娘家送。

每月供给她块半大洋钱，

凭良心说，这总不算侮辱女性。

钻石戒指，您的，我决定去选挑，

只等你那玫瑰之唇那么一动。

假如，我的爱之晶，你说声 No，

天大的希望与狗命一条将同时坠了井；

那么一来，姑娘，您瞧，

宇宙，汽车，鲜花，跳舞，便都要一干而二净！

选自《论语》1932 年第 7 期

1933^年

大堰河

——我 的 保 姆

艾青

一

大堰河，是我的保姆。
她的名字就是生她的村庄的名字，
她是童养媳，
大堰河，是我的保姆。

我是地主的儿子；
也是吃了大堰河的奶而长大了的
大堰河的儿子。
大堰河以养育我而养育她的家，
而我，是吃了你的奶而被养育了的，
大堰河啊，我的保姆。

二

大堰河，今天我看到雪使我想起了你；
你的被雪压着的草盖的坟墓，
你的关闭了的故居檐头的枯死的瓦扉，
你的被典押了的一丈平方的园地，

你的门前的长了青苔的石椅，

大堰河啊，今天我看到雪使我想起了你。

三

你用你厚大的手掌把我抱在怀里，抚摸我；

在你搭好了灶火之后，

在你拍去了围裙上的炭灰之后，

在你尝到饭已煮熟了之后，

在你把乌黑的酱碗放到乌黑的桌上之后，

在你补好了儿子们的，为山腰的荆棘扯破的衣服之后，

在你把小儿被柴刀砍伤了的手包好之后，

在你把夫儿们的衬衣上的虱子　颗颗的掐死之后，

在你拿起了今天的第一颗鸡蛋之后，

你用你厚大的手掌把我抱在怀里，抚摸我。

四

我是地主的儿子，

在我吃光了你大堰河的奶之后，

我被生我的父母领回到自己的家里。

啊，大堰河，你为什么要哭？

五

我做了生我的父母家里的新客了！

我摸着红漆雕花的家具,

我摸着父母的睡床上金色的花纹,

我呆呆地看着檐头的写着我不认得的"天伦叙乐"的匾,

我摸着新换上的衣服的丝的和贝壳的纽扣,

我看着母亲怀里的不熟识的妹妹,

我坐着油漆过的安了火钵的炕凳,

我吃着碾了三番的白米的饭,

但,我是这般忸怩不安!因为我

我做了生我的父母家里的新客了。

六

大堰河,为了生活,

在她流尽了她的乳汁之后,

她就开始用抱过我的两臂劳动了,

她含着笑,洗着我们的衣服,

她含着笑,提着菜篮到村边的结冰的池塘去,

她含着笑,切着冰屑悉索的萝卜,

她含着笑,用手掏着猪吃的麦糟,

她含着笑,扇着炖肉的炉子的火,

她含着笑,背了团箕到广场上去,

晒好那些大豆和小麦,

大堰河,为了生活,

在她流尽了她的乳液之后,

她就用抱过我的两臂,劳动了。

七

大堰河，深爱着她的乳儿；

在年节里，为了他，忙着切那冬米的糖，

为了他，常悄悄地走到村边的她的家里去，

为了他，走到她的身边叫一声"妈"，

大堰河，把他画的大红大绿的关云长

贴在那灶边的墙上，

大堰河，会对她的邻居夸口赞美她的乳儿；

大堰河，曾做了一个不能对人说的梦：

在梦里，她吃着她的乳儿的婚酒，

坐在辉煌的结彩的堂上，

而她的娇美的媳妇亲切的叫她"婆婆"

…………

大堰河，深爱着她的乳儿！

八

大堰河，在她的梦没有做醒的时候已死了。

她死时，乳儿不在她的旁侧，

她死时，平时打骂她的丈夫也为她流泪，

五个儿子，个个哭得很悲，

她死时，轻轻的呼着她的乳儿的名字，

大堰河，已死了，

她死时，乳儿不在她的旁侧。

九

大堰河，含泪的去了！
同着四十几年的人世生活的凌侮，
同着数不尽的奴隶的凄苦，
同着四块钱的棺材和几束稻草，
同着几尺长方的埋棺材的土地，
同着一手把的纸钱的灰，
大堰河，她含泪的去了。

十

这是大堰河所不知道的：
她的醉酒的丈夫已死去，
大儿做了土匪，
第二个死在炮火的烟里，
第三，第四，第五，
在师傅和地主的叱骂声里过着日子。
而我，我是在写着给予这不公道的世界的咒语。
当我经了长长的漂泊回到故土时，
在山腰里，田野上，
兄弟们碰见时，是比六七年前更要亲密！
这，这是为你，静静的睡着的大堰河
所不知道的啊！

十一

大堰河，今天，你的乳儿是在狱里，

写着一首呈给你的赞美诗，

呈给你黄土下紫色的灵魂，

呈给你拥抱过我的直伸着的手，

呈给你吻过我的唇，

呈给你泥黑的温柔的脸颜，

呈给你养育了我的乳房，

呈给你的儿子们，我的兄弟们，

呈给大地上一切的，

我的大堰河般的保姆和她们的儿子，

呈给爱我如爱她自己的儿子般的大堰河。

大堰河，

我是吃了你的奶而长大了的

你的儿子，

我敬你

爱你！

一九三三年一月十四日雪朝

选自《春光》1934 年第 1 卷第 3 期

手艺人的默想

陆志韦

"要是有一天，
我胸膛的左边像有根刺，
我的手指，不再像今天的灵便，
衰老的临头有谁得知——？"

"透支的年寿，
零星的交付了三更灯火；
坐久了的骨头长了锈；
光做白天，又赚不了这许多。"

"他们长大了，
什么都得增加了，
老了，慢了，
做不得一半了。"

裁缝的把针箍儿掉了；
机上的，梭子颠倒了；
抬起头来彼此笑，
"今天的天气倒好。"

选自《紫晶》1933 年第 4 卷第 2 期

鸡鸣寺的野路

陈梦家

这是一座往天上的路，
夹着两行撑天的古树；
烟样的乌鸦在高天飞，
钟声幽幽向着北风追；
我要去，到那白云层里，
那儿是苍空，不是平地。

大海，我望见你的边岸，
山，我登在你峰头呼喊……
劫风吹没千载的城郭，
何处再有凤毛与麟角？
我要去，到那白云层里，
那儿是苍空，不是平地。

廿一年一月

选自《新月》1933年第4卷第6期

我爱——

龚树揆

我爱听这一串悦耳的歌音，

从你的珠喉里沥出来的；

我爱看樱花，樱花结的果，

因为她像你的嘴，也和你的心一般烧红，

她的生命是短短的，你也是

青春不如一道瀑布长流；

你娇好的容颜在万人前

出现时，不要拨动你的唇儿，

谁都会灵魂里飞进那百灵鸟

来幻象出你所要告诉人的。

你歌唱你的曲儿，我是用

热情的枵腹来收受的，

你歌唱时，我的眼睛从不曾离开过你，

你压细嗓子弯倒眉儿的唱出歌来，

我看得清清还看清一粒朱痣

在微微的颤，跳动得如蝴蝶站在

细草尖上。这是我都细味细嚼过的，

你发出快活人感觉的音调，

我都运用我所有的力量贯注着的，

因为你青春的人，唱出像樱花一样的歌。

选自《现代》第 2 卷第 4 期（1933 年 2 月 1 日）

新谱小放牛

奇玉

妹妹今天莫充能，
有几个问题说把你听，
不怕你精明又强干，
这几个问题你答也答不清。

妹妹一听把口开，
叫一声哥哥太不该，
说什么鬼话神仙咒，
说出来我也要猜一猜。

什么人天上笑嘻嘻？
什么人地下苦凄凄？
什么人种稻没得米，
什么人养蚕没得衣？

大军阀天上笑嘻嘻，
小百姓地下苦凄凄，
庄稼汉种稻没得米，
采桑娘子养蚕没得衣。

大工厂什么人修修？

花车机器什么人留？

什么人成天不住手？

什么人享福硬揩油？

大工厂泥水匠儿修，

花车机器铁匠留，

纺纱女成天不住手，

资本家享福硬揩油。

庄稼汉什么时有米？

采桑娘子什么时有衣？

什么时人人都动手做？

什么时没得人来揩油？

庄稼汉种稻要自己收，

采桑娘子养蚕要自己抽，

大同社会人人都同手，

那时节没得人来揩油。

选自《新诗歌》第 1 卷第 2 期（1933 年 2 月 21 日）

地之子

李广田

我是生自土中，

来自田间的

这大地，我的母亲，

我对她有着作为人子的深情。

我爱着这地面上的沙壤，湿软软的，

我的襁褓；

还有那绿茸茸的田禾，野草，

保姆的怀抱。

我愿安息在这土地上，

在这人类的田野里生长，

生长又死亡。

我在这地上，

昂了首，望着那天上。

望着白的云，

彩色的虹，

也望着碧蓝的晴空。

但我的脚却永踏着这土地，

我永嗅着这人间的土的气息。

我无心住在那天国里，

因为住在天国时，

便失掉了那天国，

而且也失掉了我的母亲，这土地。

一九三三年春

选自卞之琳编《汉园集》，上海商务印书馆，1936 年 3 月版

圆月夜

何其芳

圆月散下银色的平静，
浸着青草的根如寒冷的水。
睡莲从梦里展开它处女的心，
羞涩的花瓣尖如被吻而红了。
夏夜的花蚊是不寐的，
它的双翅如粘满花蜜的黄蜂的足，
窃带我们的私语去告诉芦苇。

说呵，是什么哀怨，什么寒冷摇撼
你的心，如林叶颤抖于月光的摩抚，
摇坠了你眼里纯洁的珍珠，悲伤的露？
"是的，我哭了，因为今夜这样美丽！"
你的声音柔美如天使雪白之手臂，
触着每秒光阴都成了黄金。
你以为我是一个残忍的爱人吗？

若我的胸怀如蓝色海波一样柔媚，
枕你有海藻气息的头于我的心脉上。
它的颤跳如鱼嘴里吐出的珠沫，
一串银圈作眠歌之回旋。
迷人的梦已栖止在你的眉尖。

你的眼如含苞未放的并蒂二月兰，

蕴藏着神秘的夜之香麝。

你听见金色的星殒在林间吗？

是黄熟的槐花离开了解放的枝头。

你感到一片绿荫压上你的发际吗？

是从密叶间滑下的微风。

玲珑的阑干的影子已移到我们脚边了。

你沉默的朱唇期待的是什么回答？

是无声的落花一样的吻？

一九三三年春天

选自何其芳著《刻意集》，文化生活出版社，1938 年 10 月版

送砾子南归

钟敬文

在这西湖的初雪里，

你登上南归之途了。

经过东海，

经过南海，

还要溯珠江西上：

这迢遥的水程，

也尽够你的弱体支持了。

虽然是数年的短别，

故乡该给你以异样的印象吧：

爸爸的鬓发已苍白，

祖母安卧在不见新土的坟里，

市街都换上新奇的服装，

就是那寒碧的江水，

也不是昔年鉴照你姿容的原物了！

这些将徒然唤起

你幽幽的感喟么？

不，你将由它更证实了

那可信任的真理：

流动，是宇宙万物经常的规律！

买得你暂时在家的慰安的，

是我这里支付了的"寂寞"的代价呵！

红火炉旁，

异国名文的吟讽与移译，

这不能促起你早日北来的雄心么？

纵然我们羞问：

孤山梅讯，

灵隐深雪中的竹韵。

　　一九三三年春作

　　选自《现代》第 2 卷第 6 期（1933 年 4 月 1 日）

诗四首

孙席珍

遣怀

去罢，黑衣女！
你的妖媚的眼睛，
还射不穿这道厚墙？
这里没有爵士音乐，
有的是寂寞，像无弦琴。

去罢，黑衣女！
你的希腊壁画式的长发，
为甚老是紧缠着它？
它是一根铁，
不是大蛇绞得死的拉奥孔！

去罢，黑衣女！
你的嘴唇，比暴动还红，比战争还热，
呵，你的嘴唇，蒸馏器的你的嘴唇，
一首未来派的诗呀！
唾罢，唾罢，唾罢…………

世界是小，小而大，大到无外——

到海王星去，到帝座星去，

光的速，电的速，

三十二分音符八拍子！

西单牌楼风景

西单牌楼的灯光的海里，

游泳着无数条儒艮，

印度绸的腮，华尔纱的尾，

在诱惑的浪里一翻一掀。

炉焙月饼——伽蓝，

纸烟——浮雕，

从近代女的胸部跳出来的甘棠，

一半儿甜一半儿苦，

排着队伍等待出沽。

眼睛的机关枪，眼睛的手榴弹，

忽然一对大眼睛直奔而来——

随着爪的扬起，

有两个字跌入蜗牛壳：

"东去⋯⋯⋯！"

旧城和新城

北平，灰城！

灰白的，灰暗的，灰的城！

灰城的风，风的灰城！

方形，长方形，凸字形——

蒸腾起来了

像一片带雨的云。

一百四十万人口扛着的北平呵，

窒息，棺材一般沉闷。

这里缺乏太阳，

也缺乏火，

是的，以及铁；

要有一道光照，

要有一把火烧，

还要一柄斧头，一个钉锥

来粉碎这口棺材。

动，一秒钟，

动，两秒钟，

动，三秒钟，

用亚非利加移住蚁的力，

筑造一座新城。

曲线

鳗 鳝鱼

眼睛的盛馔

花儿匠扎成的九节松
公园里的好供品

电流
从阴极向阳极
小肠＋橡皮管＋麻绳
＝吸收＋输送＋自杀

密士失必河
灌域一百万方里

是但，伟大的曲线呀，去罢——
明天是无线时代了！

选自《文学杂志》第 1 卷第 1 期（1933 年 4 月 15 日）

小林多喜二哀辞

张露薇

美丽的青春正在开着鲜花，
不是命运，也不是什么人，采折了
怒放的蓓蕾，摧毁了生命的新葩——
是一条皮鞭子支持着人间的罪恶！

你，好朋友，曾歌颂着天旁地角的
艳红的旗帜，也曾鼓动劳苦的群众，
但不曾瞧见更多朝霞，便悄悄地
在暗夜里诀别，如飞逝了一颗流星。

地球也是一朵热情的花，冠上染着
鲜血，鲜血凝成了一颗整个的心：
我们怀着这颗整个的心走上前线，
我们会击退了执着鞭子的敌人！

小林呀，等那时你的血也会笑了，
看，到底有一天鞭子抽出来了太阳！

选自《文学杂志》第 1 卷第 1 期（1933 年 4 月 15 日）

那时

林庚

青色微冷的天，
　　初秋的早间；
太阳透明得像块水晶石
　　那是我儿时，
与友伴嬉戏在小山间
　　不曾忘了的一天！

空气如此的好，

　　心地明亮和溶；

人的娇小，

　　宇宙的涵容，

童年的欣悦，

　　像松一般的常浴着明月；

像水一般的常落着灵雨；

　　像通澈的天宇，

把心亮在无尘的太空；

　　像一块水晶石放在蓝色的海中。

如今想起像一个不怕蛛网的蝴蝶，

　　像化净了的冰再没有什么滞累，

像秋风扫尽了苍蝇的黏人与蚊虫嗡嗡的时节，

　　像一个难看的碗可以把它打碎！

像一个理发匠修容不合心怀，

　　便把那人头索性割下来！

风声萧萧，

　　树微微的摇；

摇得那样的轻飘，

　　更没有一根沉闷着的枝条。

摇！摇的那样的轻松，

　　每个叶子嘻嘻的像一群孩童；

像爱神白衣飘飘的姿容；

　　像海神的青丝发吹散在海风中；

每个枝子自然的牵动了淡泊的树干，

于是清凉的水从根中直摇到叶端发散；

轻松里，开花结果

　孩子们一声天真的笑

　　那时有我！

　一九三三，四，十一

　选自《清华周刊》第 37 卷第 12 期（1933 年 5 月 21 日）

有忆

宋清如①

我记起——

一个清晨的竹林下，

一缕青烟的缭绕。

我记起——

一个浅灰色的梦里，

一声孤雁的长唳。

我记起——

一丛灿烂的玫瑰间，

一匹青虫的游戏。

---

①该诗发表时署名为清如。

我记起——

一阵萧瑟的晚风中，

一片槐叶的飘堕。

选自《现代》第 3 卷第 1 期

夜鸟吟

于赓虞

夜半，云中那声声鸟音，

悠扬，寒碜，如绝望之琴，

她缓缓的弹与月光，

述说心中不幸的悲恨。

天知道，那悠微的叹息，

会着怎样久远的孤寂，

像一座荒凉的古山，

终世不曾有一个伴侣。

试想，夜半天空的广寒，

虽在云雾霜露里呼唤，

（好像是弃妇的绝叫，）

但天堂的门还在紧关！

白天她也许落于平沙，

古堡，巨林，但是她的家
是在白昼里的荒山，
还是在黑夜里的天涯？

也许她就是神灵的鸟，
故意到处飞游与惨叫，
使饮恨的人们明白，
人世并无到天堂的桥！

在她眼中的沙粒，彗星，
一根枯骨就是一个惊
异，奇崛难懂的世界，
（人类数千万年的梦境！）

这先知如同一位隐士，
白天隐于深山或清池，
到夜晚才来到人间，
张开她的嘴，她的双翅。

天无语，夜亦正在行走，
直到宇宙走到了尽头，
她才肯停住了嗓子，
咽下了那无边的哀愁！

选自《青年界》第 3 卷第 4 号（1933 年 6 月 5 日）

太阳的祈祷①

李金发

时光的驰骋与地球的自转，

使歌喉歇了音韵，笛儿腐蚀，

忠心变为叛逆，留下绝大的仇恨。

算是世纪现象之一出，

只有老旧的墙角之古画作证，

它显出悲愤如活够了寿命的水松。

我自悼，我感谢，

但我要看自负者之崩毁。

每因微细的现象，使我诗笔流泪，

常有伟大的胜利，使我漠然，

一贯的矛盾，以生命作尝试。

已无挽救之机会了，

当气息呈现短促的时候。

权威的太阳啊，

我在你跟前是怎样的渺小，

你屡以过度的热力，欲烧我至死，

虽然我无日不向你张手祈求。

---

①该诗于同年 8 月再次刊发于《现代》第 3 卷第 4 期（1933 年 8 月），改名为《太息》，末尾增加了一句"再无怨艾之太息"。

我太眷恋这宇宙的光华：

已熄灭的火山口，浮出地面的矿物，

长林的巨树，旋舞着如臂的枝条，

海鸥的夜哭，引起妻死的鳏夫失眠。

我知道我终于要死的，从此

人类忘记我的颜容，与自苦的努力，

但你该留下那些美丽康健的人儿，

香花，远树，摇曳于天空的柳梢，

它们将因长寿好去讥笑我短促的挣扎。

浮云啊，你勿再盘桓于山之巅，

女神早已废止歌唱，

会死的生物，已逃向南方的原野，

只留下我战栗于徐升的月色中；

我恐怖衰老的伛偻来临，

我忧惧不自爱的人类，

在我身后崩毁，我担心

手栽的花盆且无人灌溉，

我思虑着在此挤拥的人群，

没有我栖止的场所。

女神啊，若你四顾一遍，

我便将如寒林死鸟般缄默。

广州笠庐赤道之旁

选自《文艺月刊》第 4 卷第 3 期（1933 年 6 月）

生命之窗的内外

宗白华

白天，打开了生命的窗，

杨柳丝丝拂着窗槛。

白云在青空里飘荡。

一层层的屋脊，一行行的烟囱，

成千上万的窗户，成堆成伙的人生。

行着，坐着，恋爱着，斗争着，

活动，创造，憧憬，享受。

是电影，是图画，是速度，是转变？

生活的节奏，机器的节奏，

推动着社会的车轮，宇宙的旋律。

白云在青空飘荡，

人群在都会匆忙！

黑夜，闭上了生命的窗。

窗里的红灯，

掩映着绰约的心影：

雅典的庙宇，莱茵的残堡，

山中的冷月，海上的孤棹。

是诗意，是梦境，是凄凉，是回想？

缕缕的情丝，织就生命的憧憬。

大地在窗外睡眠！

窗内的人心，

遥领着世界神秘的回音。

选自《文艺月刊》第 4 卷第 1 期（1933 年 7 月 1 日）

ORANGE

艾青

圆圆的——燃烧着的

像燃烧的太阳般点亮了圆圆的玻璃窗——

Orange——是我心的比喻

Orange——使我想起了：

一辆公共汽车

          闪过了

纪念碑

十字街口的广场

公园边上的林荫路，

捧着白铃兰花的少女

  五月的一个放射着喷水池的翩翩的

放射着爱情的水花的节日……

Orange——像那

整个的机械饮食处里

大麦酒的雪白的泡沫

　　　　　　所反映出的

红色篷帐的欢喜……

　　　　太阳的欢喜……

Orange——

像拉丁女的眼瞳子般无底的

热带的海的蓝色

　　　　　　那上面撩起了

听不清的歌唱

异国人的 Melancholic

Orange

圆圆的——燃烧着的

Orange

像燃烧着的太阳般点亮了圆圆的

玻璃窗——

Orange

使我想起了：

我的这 Orange 般的地球

和它的另一面的

我的那 Orange 般快乐的姑娘

我们曾在靠近离别的日子

分吃过一个

圆圆的——燃烧着的

Orange

Orange——是我心的比喻

1933 年 7 月 17 日

选自《春光》1934 年第 1 卷第 1 期

茄色的云

S. M.

　　我吗，是那半透明的
那茄色的一片浮云，
　　我不知道我前面是
日的惊醒呢，是夜的狂吞，
　　盘旋着，我的思想。

　　可能的，花一样开放
一个最灿烂的清晨，
　　Apollo 赶着金车来
向我问候，带了他的温情
　　他的光芒。

　　也说不定，撒下来
灰色的网，影样的黄昏，
　　我看见他露了马脚了！
腐烂的血，我不能
　　饮，他却使它诱惑而芬芳。

日，或者没有颜色
到处爬的淡淡的影，
　　夜，或者 Cupid 完全开了
宝石的眼睛，这前途，令
归鸟迷惘。

　　我吗，是那半透明的
那茄色的一片浮云。
　　我不知道，我将成火焰
满天的，或者成为灰烬，
——请告诉我，我应该怎样？

　　二三，七，一九三三。

选自《新垒》1934 年第 4 卷第 2 期

水磨老人自述

贾芝

我始终看守着我的水磨，
日子过去了，
我看着急流从我的磨下荡过。
齿轮迅速地旋转，旋转，
我看着麦子在我的磨下

碾成粉末。

一个鬼脸在我的眼前一闪，
我的心起了恐怖的震颤，
齿轮在我的心头一磨一磨，
我睁着两只冒火的圆眼。

我始终看守着我的水磨，
看着急流在磨下
跟着日子荡过。
齿轮不停地旋转，旋转，
我知道了：
那鬼脸的指着我这水磨生活。

一九三三年八月二十二日

选自贾芝著《水磨集》，泉社印行，1935 年 12 月版

花环

何其芳

开落在幽谷里的花最香。
无人记忆的朝露最有光。
我说你是幸福的，小玲玲，
没有照过影子的小溪最清亮。

你梦过绿藤缘进你窗里，

金色的小花坠落到你发上。

你为檐雨说出的故事感动，

你爱寂寞，寂寞的星光。

你有珍珠似的少女的泪，

常流着没有名字的悲伤。

你有美丽得使你忧愁的日子，

你有更美丽的夭亡。

九月十九日夜

选自《华北日报·文艺周刊》（1934 年 4 月 16 日）

去后

刘廷芳

我们去后，此地依旧有花开，

    如同这朵鲜花一样。

我们的青春去了，

    还有十万春来。

此间依旧有人，

    歌颂未变桑田的沧海，

种花的园丁举起头来，

    依旧看得见白日映青天。

我们的四肢要变成尘土，

　　在无情的世界中飞逝。

但此间依旧有风能歌唱，

　　与我们所歌的诗篇一样。

我们去后，天半的星辰，

　　不会随着我们消灭。

我们有一天也会

　　尝尝新探险的滋味，

　　与广阔永恒的玩笑。

看老迈的星球死去，

苍穹中新的宇宙产生，

看人间岁月如同纤介，

回头转瞬便是一千年！

看帝国的权威随着冷灰消灭，

看爱的权能与血肉死拼，

　　辛苦地，却得胜地，奔向明星。

我们遥看此间——

　　此间依旧有花开。

　　燕南园看花，想起来欧洲旅行时，曾读过一首诗，似乎有这样诗意，至少是
与我同意的。

　　选自《文学》第 1 卷第 4 期（1933 年 10 月 1 日）

余剩的人类

李金发

阳光还没有热力的清晨，

在幸福之怀酣睡够了的人

睡眼蒙眬的向窗外一望，

无意地看见一个找废物为生的穷汉，

余剩的人类，幸福的门外汉，

在蹒跚，肩上两边下垂的担子，

尚空洞无力地压抑他高耸的肩膊。

他愿意而期望这个变成重些，充满些，

可是暂时能安慰他的——可换作食料的，

只是几块尚湿的破布。

他希望忽然有许多

铜片，玻璃瓶，或铁丝，

满布在他的四周，他的脚踏上去索索作响。

但是他空望着，深陷之眼四望，

小心地如失了绣针的缝衣匠；

一手弯曲在背脊的中心，

用力在搔痒，俄而手臂又移到别处去工作，

大概无情的迷路之微生物，

在吮取他清淡无味

尚不足循环全身的血液。

他仅能遮蔽半腰的衣服，

也许是已死的士兵穿过的，

油腻而多皱纹。

他两颊深陷，是十年来吸毒烟的成绩，

头发分润着他仅有精力，在得意地滋长。

他知道这样失败，是人生的羞耻，

眼泪也流到无可再流的情绪了。

他想改过，但痢疾即可来威吓他，

他想振作，但心灵似在说：

这个宇宙你是没关系了。

一个偶然有动于衷的慈心人，

曾帮助他做街头的小贩，

但下层阶级的寄生者

不给他振作的机会，

将血本亏蚀在游民的牙缝里。

因此他只能再找回这个

最无用的人类之职业，

攫取有力者食时偶尔下坠的饭粒。

当他年富力强的时候，

不曾知道失败的意义，

在做军营的卫队的时候，

他也有几千可以买到人们之幸福一样的金钱，

魔鬼命运在愚弄他罢，

使他没有亲尝那些滋味。

现在他恐怕在生命终结之前，还在异地，

他唯一的幸福，是想死在离别四十年的故乡，

那时他的弟弟，可以在他的旁边，执着他的手，

说几句安慰的话语。

可是那些未出现的铜片，玻璃瓶，铁丝，

好像在嘲弄他的梦想。

五，十，三二。笠庐

选自《现代》1933 年第 2 卷第 3 期

旅途

李广田

不知是谁家的高墙头，

粉白的，映着西斜的秋阳的，

垂挂了红的瓜和绿的瓜，

摇摆着肥大的团扇叶，苍黄的。

像从远方的朋友带来的，好消息，

怎么，却只是疏疏的三两语？

声音笑貌都亲切，但是，

人呢，唉，人呢？

两扇漆黑的大门是半开的，

悄然地，向里面窥视了，

拖着沉重的脚步，又走去，

太阳下山了，蠓虫在飞，乌鸦也在飞。

一九三三年十月二十日

选自卞之琳编《汉园集》，上海商务印书馆，1936 年 3 月版

休洗红

何其芳

寂寞的砧声散满寒塘，
澄清的古波如被捣而轻颤。
我慵慵的手臂欲垂下了。
能从这金碧里拾起什么呢？

春的踪迹，欢笑的影子，
在罗衣的变色里无声偷逝。
频浣洗于日光与风雨，
粉红的梦不一样浅褪吗？

我杵我石，冷的秋光来了。
它的足濯在冰样的水里，
而又践履着板桥上的白霜。
我的影子照得打寒噤了。

十月二十六日
选自《文艺月刊》1933 年第 3 卷第 7 期

旅人

金克木

你背负着雨伞的

辛苦的旅人啊！

好天色这里是没有了。

且枕着枯树根

沉沉睡去吧。

难道你还要寻觅夭桃秾李？

是那天角有绿窗

引诱你奔走吗？

辛苦的旅人！

待噪倦了归鸦时，

小饭铺里的马槽边，

无罩的煤油灯将要抚慰你了。

不畏烈日和淫雨，

但明朝若有浓雾呢？

辛苦的旅人！

便拔一根芦苇当手杖

在冥冥之中摸索吗？

真个没有沾惹与挂碍，

则依然曳了芒鞋走去吧！

然而记住！辛苦的旅人！

可别曳了这里的沙漠风

去伤害远方的未婚花鸟！

选自《现代》第 4 卷第 1 期（1933 年 11 月 1 日）

生命

金克木

生命是一粒白点儿，
在悠悠碧落里，
神秘地展成云片了。

生命是在湖的烟波里，
在飘摇的小艇中。

生命是低气压的太息，
是伴着芦苇的啜泣的呵欠。

生命是在被擎着的纸烟尾上了，
依着袅袅升去的青烟。

生命是九月里的蟋蟀声，
一丝丝一丝丝的随着西风消逝去。

选自《现代》第 4 卷第 1 期（1933 年 11 月 1 日）

黄昏念志摩先生

卞之琳

悲哀付与暮天的群鸦，
也罢。可是为什么
抽着烟卷儿看烟丝的
总又要怅望到窗外的云天去？
问你飞去了的人。

飞去了一团火，一股青春，
可不是！你知道，在你挥
一挥衣袖后边的朋友
二年来该谁也加重了二十岁，
不然为什么在这种黄昏天
就蜷缩到屋角里的炉边去
瞌睡，像一只懒猫……

这是我，从前被你笑过的，
他这一向可真有了成就：
如今不再害羞了，他会说
"先生看，我总算学会了抽烟了。"

二十二年十一月二十二日，
志摩先生逝世二周年后五日。
选自《每周文艺》1934 年第 9 期

自己的歌

温流

挑着笨重的担子，

踏着雪里的路过河，

天上的雪花像白燕的羽毛。

河那面有潭，有山，

山底尽头还有沙漠，

沙漠里的路就像一张刀。

我们看过前面的人掉进冰洞，

没点声音，摔了生命的花朵；

也看过谁成了石像，

雪做成了他永久的窝；

有时一阵风竖起一道沙柱，

掉下来成了沙海里的小岛，

岛底就埋着人的青春和快乐。

知道放下了担子，向后走，

有白玉筑城的王宫，

宫里有甜的咖啡和热的炉火；

但我们没有坚硬的膝盖，

嘴里的话又不像成熟了的葡萄，

我们爱光明，爱真理，

劳动是我生命里的第一件珍宝。

我们不管饥，不管渴，

星照着我们，阳光照着我们，

我们走着泉水般的路道，

挑着笨重的担子，

唱我们自己的歌。

一九三三，一一，二三

选自温流著《我们的堡》，诗歌出版社，1936 年版

初夏

路易士

布谷鸟已经开始在唱

她的时新的小调了：

我不知道我需要些什么。

我从静谧的书斋里

踱到院中紫藤的浓荫下，

然后又痴痴地看看浅蓝的天：

我不知道我需要些什么。

1933 年作

五月的乡村

臧克家

乡村来到了五月天，

农忙把人调开了家园，

寂静的锁搭在村上，

里面藏一片好风光，

树头在轻风前摆，

像柄绿伞朝地下开，

把村子摇跑了清醒，

没入了舒心的梦。

在梦里，水花在浪头上调笑，

在梦里，老柳向河心躬腰，

扁豆花开红了篱笆，

阳光把花影投到地下，

雄鸡跳上屋顶朝天叫，

狗在门前伸个懒腰，

还不中用的农家小女，

坐在林荫里看蚂蚁上树。

选自《新时代》1933 年第 4 卷第 2 期

时间

李金发

时间在宇宙大道上阔步疾走，

我 diony sienne 之灵魂，

为你震荡着如中古堡垒之残破。

我的青春为它金牙啮食过半，

如新秋在反嚼着红花绿叶。

它眼见过宇宙之大 Chaos，

太阳最强烈时的焚烧，

卫星从太阳本身分离出来，

月球怎样开始站在地球旁边，

八大行星怎样排列在恒河沙数的公里之外，

银河系如何在远处发亮，

山崩地裂，如千万个雷霆同时爆炸，

陨石纷飞，毒氛弥漫……

它留心过人类进化之阶段，

把庞然的大兽从崖端坠下而死，

蝼蚁和孜孜不息的人类，

则留存在地面，好去掘挖地球之外层，

永远匍匐，欲建立一个可满足之幸福，

有能浮的东西在水面游泳，

能飞的机器在天空翱翔，

人类多么自诩而狂喜呀！

可是时间在高处谄笑，

这是万万年中一秒之显像吧，

它不恻隐地限你们在几十年之内，

一个个处死，如处死你们的祖先之祖先一样。

但没有一个因此而悲观灰心生存。

几十年辛酸的生存于谁没趣？

还以互相倾轧，去代替各自的怜悯。

自命宇宙主人的人类啊，

只要太阳热力失了些儿常态，

就可以烙死一切康健的生物，

如炉灶上觅食的小动物，

Pompei 的城市，只给一些火山的沙砾淹没了；

Tokio 的繁华半消失在地缝里；

延亘数百里的毒雾使人口牲畜；

呼吸着便死；

过剩的雨量，将人类及他所爱的居室，

荡漾在水底或漂泊在下流的荒岛。

这不过是时间的小玩意儿，

我们人类却用尽最后的抵抗力了！

时间，我生命线之损害者啊，

我自垂髫之年，便崇拜你，恐怖你，信托你，

可是一步步的欺骗我，揶揄我，

攫取我最宝贵的欢乐之时光，

分离了我如影相随的侣伴，

宽纵了我几世欲报的仇人，

损失了我借以购取幸福的金钱；

现在你留给我的是疲怠的四肢，

暂就皱缩的皮肉，

脑中盘踞着的是失望，怯懦，追悔。

你这样对付的不止我一人罢，

你得意了，胜利了，你不可一世的魔王，

我就退让而屈服你罢，

还要鼓其余勇气力，

去帮助你完成你伟大的功业。

广州笠庐

选自《前途》1933 年第 1 卷第 1 期

庄周之一晚

朱湘

田野中，路边的一口白棺材

曝露在土面，已经没有棺盖，

不知道是谁搬去了作柴烧，

还是顽童，游戏着，把它掀掉——

那骷髅，咬着牙，圆睁起眼睛，

仿佛是在恼恨太阳晒，雨淋；

不过四肢还是驯伏的排起，

一点也动弹不了。走过这里，

白鬒的哲人与他的门弟子

都愣了一下。或许有些心思，
白色的，飘忽过他们的头颅，
好像这几只蝴蝶在这薄暮；
但是，与蝴蝶一般，不作声响，
它们都飞过去了，不知何往。
将要沉入西海的羲和，头大
脸红，还在做着最后的挣扎；
临危时的情绪反映在天空，
激烈、复杂，一时与一时不同；
但是，陡然的，在峥嵘的树杪，
在云脊之上他伸出了手爪——
因为光彩的一世已经运成
周期了；沉静的夜久已在等，
久已在等候着他的那周期
来到；于是，抹杀了一切痕迹，
夜便降临了。百鸟唱着挽歌……
但是，在歌声内未尝不掺和
有迎夜之调；那是颂美睡眠、
颂美夜能封起它们的倦眼。
许是晚饭里的鸡还在胸口
梗着不化，夜深了已经多久，
老年的哲人还是睡不着觉，
对了灯檠愣着。本来，一年老，
失眠的时候便多，不过今夜
不比平常，他的感觉很特别。
那一粒青色的灯火，只有光，

不热，像是萤火，磷火在布窗
下边僵化了。虫在原野里叫，
是一种节奏的乱，凄切的闹
搏动在黑暗底下；它不休息，
不低沉，好像是预感到冷意
将要来临，所以趁了这刹那
来尽量的悲伤，尽量的欢乐。
听着这种固执的声音，草木
都变色了、颤抖了。西风的怒
将要爆发在这种悍妇一般
聒噪不休的声浪里；它会卷
去这喧嚣，用了更大的喧嚣。
那时候，树木都要一空如扫，
只剩下枯干枯枝，好像骷髅
僵立在寒冷中，高举起双手。
骷髅，这正是横梗在胸臆间
把他的宁静攫去了的物件！
由薄暮看见了的时候，一直
到如今，他岂不是，并不自知
自觉的，在旋绕着那个形象，
有如那个飞蛾旋绕在灯旁，
却忘去了火焰么……扑灭了，灯……
他闭起目来，自己想：这死生，
这寿夭，我久已看穿了，现在
何以又来骚扰我，何以又来
恐吓？惠子死了，我不曾吊丧，

妻子死了，我可以鼓盆、歌唱，
难道身临之时——还没有身临，
只看见一架骷髅，我就在心
里面恐惧了？我自觉曾经要
天地作棺椁，要拿尸体喂鸟，
难道是虚言么？不是它在问，
是那个在眼窟窿后面的魂
在问我，如今老了，我的思想
是否依然秋水一般的奔放
去东海，鹏一般的飞去天池，
不怕五情来把它网罗、阻止。
啊，老年，可诅咒的！因为比起
童龄来，这第二童龄并不及；
又有童龄的孱弱，但是糊涂
它却没有了。啊，不仁的造物
在老年留下了壮硕的思想，
但是，从那里面，提去了力量！
许是为了过度的寿算，九十，
所以才如此；从前七十，甚至
八十的时候，看见一架骷髅
而无动于衷的能耐，他尽有——
在那刻看见了它，他尽可以
像是牛羊在面前看到丽姬
走过去那样；在那刻，他自家
看见了丽姬，如同看见骨架
似的，也尽可以漠然不动心。

一生里养就的这木鸡本领，
照说，到了昏聩的老年，应该
是更易为力了；哪知道，奇怪！
它并拦阻不住嘈杂的思想，
与小鸡一般，不纷拥到身旁。
人作不了冥灵，能拿五百岁
为春，五百岁为秋；作不了飞
在秋暮的与叫在秋夜的虫，
虽是短促的一生，由始到终
尽量的居然可以欢乐、歌舞——
人养生总不过百载，在末路
依然逃不了衰老；要是戕生
取乐，也不能无懈无厌，不能
像花，由蓓蕾开出了到花瓣
落下之时，一直是芬芳、灿烂。
到了衰朽的老年，只凭回想，
回想又是虚物，抓不到手上
来看见它的实体，有血有肉，
好像少壮的自家那般，奔走
并谈笑，还有异而同于自己
当时的许多情思，少壮、新奇，
向外边迸射出它们的光辉，
温暖起来他的魂魄在死灰，
像冬天的太阳一样。所以，他，
在暗中，在这一片虫声之下，
要是能以听到在他的一旁

有一个相似的鼾声在作响，
能以想象得出有一个面容
与他相肖的，他的这番悲痛
自家衰老的念头便不会来
骚扰他；即使来了，他也能在
那另一自我之内获得希望
来解落这烦恼，不会骋逞想
于骷髅而不寐了。啊，壮年里
高步着俯视一切，略不介意
于来日如何的那一种气魄！
啊，孤独的悲哀，老年的孱弱！
道的种子，许多思想的嫩芽
他留下来了，只等一朝茁发
在后世的那许多哲人、才士、
狂客的心境，成为松的峭直、
遒屈，梅花的冷艳，以及禾稻，
一种平淡无奇之物，但是葆
养起来了一个国家的生命
在几千年内，悠久、丰富、和平；
便是为了这个辽远的未来，
无由目睹的，在道上他高迈
而前，九十年之内始终不倦，
忘去了，弃置了小我的留传，
以至于到现在，年老了，没有
一双伸出来的手掌，用温柔
遮起他的眼睛，用勇敢驱退

这死之形象、声音，永不复回。

选自《文学（上海 1933）》1933 年第 1 卷第 4 号

秋祭

宋寒衣

丝丝的，丝丝的细雨，
湿透了孤坟，黄叶，枯杨，
人的心！

不幸的为时代而死难的朋友啊！
此刻我在遥祭着，哭吊着，
你们秋雨湿透的孤魂。

刚毅卓绝的俊，东，
活泼智慧的婉，玉，梨，
我永远不会忘记的兄弟姊妹们哟！

惨死在枪林弹雨的血泊中，
酷刑在横逆的杂乱里，
如今，你们的幽魂飘在何处？

知否？程江河已改伏尔加，

陈国府已变作托儿场，

念创造者谁？功绩永留。

薄暮，黄昏，

人依旧在高呼着你们的名字，

踏着血泊的人群！

朋友，好好地安眠吧，

漫看东升的血轮，

和那急浪咆哮的中国伏尔加。

秋深了，丝丝的雨，

我遥祭你们，

安静的幽魂！

廿二年，九月廿六夜

于湖西鹂姐河畔

选自《青青》1933 年第 1 卷第 6 期

寂寞的地上

宋清如

几千次西风的暴力，

凝住你深深的叹息，

是小溪沉睡的时候，
云光已冉冉地飞远了。

寂寞终久留在寂寞的地上，
风雨里只有落花的声浪，
白杨上风吹过的时候，
你我正在寂寞的路上相望。

而风浪是永远不停地吹荡
浮萍不清楚自己的飘荡，
忘记了吧！春天已轻轻地流过，
深夏里埋了流莺的讴唱。

乍起来的是朔风的扬波，
过处撕碎了金粉的绯幕，
刀刀准对着致命处下落，
不许谁求饶也不许谁躲！

谁闯下来这场滔天大祸？
谁愿餐下无根儿的罪过？
纵令是傻瓜呆果也不致
迷信骷髅会起舞在荒坡。

让静穆闲居这无主之国，
数着一刹那一刹那飞过，
且待盘古氏和女娲娘娘，

作第二次的把天地开拓。

选自《现代》1933 年第 3 卷第 6 期

老马

孙毓棠

我背着两筐铁，一袋子沙，在古道的尘埃上走，
跨过一重谷，又绕一重山，有星光照着我的头。
这夜的深，老松的沉默，露水哭着满地的落花，
这长长的，长长的路，不知几时才能引我到家。

盘一重山，又绕一重谷，星光把路引得多么长，
像是悲哀，像是海，我眼前闪抖着蝙蝠的翅膀。
我缓缓的，缓缓的走，蹄下扬起了古道的灰尘，
沉重是我的担负，我的老，沉重是我疲乏的心。

我厌了太阳，厌了月亮，厌了群星在宇宙里转，
这苍老的世界，苍老的黄昏，再值不得我留恋。
我含着眼泪想回家，这该正是我回家的时候，
背着这两筐铁，一袋子沙，满胸的失望和忧愁。

跨过一重谷，又绕一重山，星光照着我的孤寂，
这夜的深，老松的沉默，枝头挂着露水的哭泣。
这长长的，长长的路，不知几时才能引我到家，

永恒的静，永恒的休息，一堆土在遥远的天涯。

诗五章

程鹤西

下雨

暑气正要困我作一个病人
我于是喜欢看行云往来
听雨点之落脚

我擎起把伞出门如一片荷叶
雨珠儿滴上就落下了
但我也喜欢披一领蓑衣赤一双脚

等我归来则已晴天了
远山静好草木各自悦其颜色
斜阳映着花心中的雨那简直不是一颗泪

梦见

梦见一个果子生了虫
睇视它却似我的笔尖

拈一口针我望着它的脉管

如个女子一般的胆怯

新月

一觉醒来

不晓得已是雨后

看见庭中之树像望得好玩

我也随之而举目

原来风飘云鬓

嫦娥欲听人间之话了

向晚

向晚迷途

忽至一旧游处

偶随冬夏以去来

芳草平添

又一度春来往

我就一古木息焉

即其绿叶证空山

蟪蛄不知春秋

度一树晚凉之曲

骆驼

我是一只骆驼

它以沉默来负担

只打它自己知道自己之可怜

感得一草之沉重

　　上面几首诗是去年陆续写下来的，亦曾陆续的给几位朋友看过。《向晚》一诗、曾由废名兄叫我作过篇小序，这序，现在是删去了。但其中有几句或不妨在此再抄一遍，好在这里还有空纸也。

　　第一我抱歉把它写得这样不像首诗了，但那有个缘故，它原是我自己的游戏。不过这话也难说，即如《骆驼》一首，便曾被一个异梦而同的朋友评为感伤之作。……这同时也就说明我大概并不会题诗，只能有这样几个简单的笔画，某年月日某某至此一游而已。

鹤西附记

选自《文艺月刊》1933 年第 4 卷第 4 期

祝别

孙洵侯

昨夜你砌一座金光咒言的塔，

没有星星的黑夜里亮一盏灯，

我是一只孤舟迷了路在海里，

不是北极星，是你引我的路程。

我是完全相信你，

再别提起一句誓言使我心碎；

不要，不要喝住天边飞的鸽鸟，

也莫须孔雀展开屏证你的美。
我像一只大雁张开他的翅膀，
永远，永远追随着一朵晚霞飞，
直等到黑暗蒙上了他的眼帘，
淡霞在黑云里消散尽他的心，
喘一口气，喘完他最后的气息。
不要烧热的泪流进烧热的嘴，
你呵出的一口气像蒸热的酒，
这迷人还不够我一生的陶醉！
可不是一阵暴风吹走你的梦，
你将残剩下的交给太阳烧化，
你让流水漂走你天大的谎话。
当初我早就算定了你有这天，
可终久钢铁经不起赤火熬炼；
我是熔化在你的怀里，我自己
一天天一夜夜加重我的苦恼，
是罪恶，要享尽一百年的春天
在一瞬间。你展花瓣团的诱惑，
你轻轻的娇笑，你腻腻的佯嗔，
你的嘴唇，你的舌尖，你红的脸，
你那些闪烁，那些脂柔的熨帖，
紧身的抱，迷人的"要"，这些，这些
曾没有打动过我的心；引诱是
你的天真，你捣碎一颗真心在
我的眼前，上帝给你一个热忱
换取青春的火焰，青春的血流；

你留下糟粕，你鄙弃我的坚贞；
你渴望的是烈吻如蛇蝎的螫。
你宝贵，你培植我癫狂的放任。

那时候我瞅着你的一对眼睛
像一双日月，有你的崇山大河
日夜奔流着你的热情你的吻。
在这荒凉枯瘠不开花的岸上，
你要酝酿的一朵艳丽的异葩，
四季铺着瑶草玫瑰，不分冬夏；
天地在你怀里！天地在你怀里！
为了我这一个忠心的臣民，你
甘心开辟你的宇宙给我享受。
如今你一朵乌云满载着暴雨
向别处淋，干风烈日是我的份。
好吧，你走！你飘走！我不埋怨你，
我不对你有一丝热拗的牵留，
也不翻开一本记满咒言的账，
我祝别你像祝别吹过的花香；
我一样要崇拜你长绿的灵魂，
像当年我迷上你朱红的嘴唇。
我记得我许下一瞬间的心愿，
我用悲哀来抵偿我癫狂的错。

夜歌

朱湘

唱一只古旧，古旧的歌……
朦胧的，在月下，
"回忆"苍白着，远看天边
不知何处的家……

说一句悄然，悄然的话……
有如漂泊的风，
不知怎么来的，在耳语，
对了草原的梦……

落一滴迟缓，迟缓的泪……
与露珠一样冷
在衣襟上，心坎上，不知
何时落的，无声……

选自《青年界》1933 年第 4 卷第 1 期

无源

钟敬文

无源的水

尽管泛滥，

枯竭——

那光景，就在明天！

让桃花

权作枝头的妖艳吧，

她所招来的蜂蝶

便将为她送葬。

金身的太阳

尚有没落的时辰，

何况是

偶然浮现的霞影？

莫愚蠢

想系住清晨的残梦！

梦到残时

它自己便已朦胧。

选自《青年界》1933年第4卷第2期

慈母

老舍

没见过比它再伟大的东西，

因为它的名字叫"国"。

在那淫腐的巴黎，

或是崭新的赤俄，

我低首独行，"中国人"，

背后那么指着我。

我恋着莎士比亚的情歌，

或看醉古代希腊的雕刻，

在梦里，我游着雅典与伦敦，

却像红莲绿柳的那片江浙。

我听着西伯利亚的夜莺，

或是世界语的秋风瑟瑟，

这些音乐在我心中的抑扬，

是李白杜甫用惯了的平仄。

梦里，常是梦里，我轻唱着乡歌，

病中，特别是病中，渴想着西湖的春色。

我的心仰，也许只有一点私心，

离着中华不远的当是天国！

我愿与流星们穿舞过银河，

我愿与白鸥在太平洋上飞过，

设若正飞着，偶然有个微音：

你是哪儿的？我无须思索，

更惊奇的准确，向那金黄的北平，

或那乳绿的扬子，往下奔落。

我爱着全世，爱着黄白棕紫种种的人儿，

每个言语有种乐音，每样皮肤有个可爱的颜色；

我爱着那朴素或艳丽的自然，

我的朋友还有雪白的小猫一个。

但是那三个中国字，我的姓名，

是宇宙间最甜的荔枝与甘蔗！

它们，三个小珠子似的字，串着我的灵魂，

没有它们也就没有了我！

它们轻妙得不似"雪莱"，

壮丽得不如"歌德"，

但是自从在我母亲的口中，

它们便带着"荆轲"与"岳飞"样的音色。

同样的，泰山，扬子，松花，洞庭

和那雪掩金沙的戈壁大沙漠，

听着，虔敬的，我的慈亲，

就是它们的圣母，名字叫中国！

我唤着她的圣名，

像婴孩挨着饥渴，

把我的血还洒在你的怀中，

我将永远在那儿欣卧；

年年的春燕，岁岁的秋虫

将唱着你的儿歌，告诉我；

睡吧，儿，还在母亲的怀中，

你曾爱过母亲，她还记得，永远记得！

选自《东方杂志》1933 年第 30 卷第 1 期

哭诗友

沈圣时

幽闭的歌声，

从此跑开，

人间留着劳苦和平凡；

Art 的灯，

熄灭了一盏，

青空的云彩，

为你织造悲哀！

喊吃面包的我们穷的青年，

笑笑送你登天。

选自《时代青年》1933 年第 5 期

致富神咒

老舍

无论在什么年光，

假如你聪明，我的宝贝，

无论是什么事情，

都能找到发财的好机会。

眼，心眼，要多穿几个玲珑的小窟窿，

耳，心耳，要像小狗老那么似睡非睡；

眼观六路，耳听八方，

才是艺术的痴迷与沉醉。

机会随时有，这个自然；

可是更别忘了利用地位。

天灾人祸，旱涝不收，心眼展开，

你时时处处与财神老爷面面相对；

想想看，你有个职分，或有点名声，

好了，发起赈灾便利市千倍。

你要勇敢，这个自然；

不过，你还要莫弃小惠；

要胖难凭一碗木樨汤，

得吃就吃才能扩大了胃。

比如说，热河大战血横流，

后方医院岂不急当去筹备？

好了，假如朝中有个人，

要个万儿八千作开办费；

弄他一个护士，最好是你的表嫂或表兄，

不然就请个医生，假如内亲有这么一位；

然后，新闻纸上锣鼓喧天；

然后，拉几位伤兵安慰安慰；

然后，免战高悬在大门前；

"院中人满，已无床位。"

假如你是男，慈心的真罗汉，

假如你是女，血热的紫玫瑰；

不管是女，不管是男，

反正发个小财有些趣味。

自古财神专佑开通人，

别信那天理良心那剂麻醉。

君不见满洲之国名士多，

神仙不斩狼心与狗肺。

选自《论语》1933 年第 16 期

沉醉着的春风

王平陵

春风哟！刚劲一些吧！

不要太温柔了。

把缺乏气力的江南人，都吹成瘫软症了。

要是你再这样沉醉着不醒，

吹，吹，看你还能吹到几时？

要是你再这样沉醉着不醒，

吹，吹，看你还能吹到几时？

怒吼罢！春风！

吹醒江南人的迷梦呵！

翻起扬子江的激涛呵！

扬起大革命的烽火呵！

慢一点把桃花儿吹红，

先吹红了血花呵！

慢一点把梨花儿吹落，

先吹落了残酷的骄阳呵！

选自《橄榄月刊》1933 年第 28 期

压郁

朱维基

我祈求天能给我一个平静的一刹那，

我要把我的情感的如海的翻涌

压抑下去，因为我的血在滚沸，

滚沸得像给冷水所浇遍的石灰，

并且我的心在跳动，在加速地跳动：

我知道再一刻我要不能忍受这些，

这些如海的翻涌和石灰的滚沸，

我不知道我为什么达到这种心境

哦我知道今天又是一月的初一了。

那钩致命的新月又悬在我头上的天空里

她在把她的妖气撒在我的炎热的面颊

像一柄利剑的疯冷的光芒一样地

扑来我抵御不住它的尖锐的射击

天呀我要不要对它屈服？放弃和忘却

我的崇高的搜求！唉不能，不能，不能

我的这个舒松的颓倒和自弃的绝明

可以证明是万劫不灭的，并且在以后的

我的生命的尚存的岁月里（倘若仁慈的天

还肯假借给我更长久的寿命）我会感到

一种永不能挽回的悔恨，比死更为悔恨

生命更为凄凉，无限地凄凉唉这人生

这无限可爱的人生！你的那一部分，

即使是最微渺的那一部分，我能捉住不放

唉你是可爱得我不知道怎样应付你

你是魔怪，你是音乐的不可见的精灵

我要同你温存，但是你是无形的逃逸而去

我要和你作一个最亲切的尽情的谈话

你是无声而且保持　个尊敬的缄默

怎样才好？我要不要和你轻狂，和你狎侮，

但是你的面容像圣人的面容一般地严厉

请来归我罢，你人生！请你投到我的怀里，

倘若你不欢喜炎热，你可以在那里找到

你从来没有找到过的春冰一般的冷

你知道我浑身是被一种无名的不安

所窒塞，那样地甚以致我的呼吸急促，

我的血停流，我像孩子渴望母亲般地

渴望你用冰冷把我冰死，或是用炎热

把我烧死！我不要活，我不要你的慈悲和恩惠

你的这些都是虚伪的，你的可感的冷酷

才是你的真实的容貌，如你那样地美丽。

哦我是多么地稚气！既然我想你美丽，

我现今为什么不袒开我的胸膛让你来？

究竟你是美丽的，你是美丽得，唉美丽得

像闪耀的星辰在一座天空的穹窿里，

在那里辉煌着昏暗的彩光的云片

像秋天的枯黄的树叶般奔放和驰逐。

况且你又是多么地媚惑：一具美人的尸首

给人工装饰着不能和你的媚惑

比较。你更像一个善于奉承的中年妇：

我为什么不选取一个最疯狂的午夜

在你的不可忍受的摆弄的底下死去？

我浑身在发痒，似乎有无数的爬虫

在皮膏的外表的下面蠢蠢地行动着：

这是不是，唉你人生呀！你的热力在爆涨？

哦你爆涨罢，你把这薄薄的皮膏爆开

和涨破，所以你的这个热力可以蒸化

在那包围着我们的缥缈无踪的大气里。

天呀，我祈求你给我这样的一个平静！

选自《诗之叶》1936 年第 3 卷第 1 期

1934^年

舞

孙毓棠

在这荒滩上，你尽管跳，

抖起你的双臂，急急的点着脚。

不要问这黄昏海上的湿风，

怎样吹，落日的创伤多么红，

半天里僵死的月亮是多可怕，

星子的脸都罩上忧愁的面纱。

你尽管跳，尽管跳得狂，

（你飞乱的发，旋风转着的衣裳）

别管咸的风把你怎样撕扯；

把眼泪埋藏在你自己的心窝，

教悲哀在胸里化成铁和铅，

也就只剩这一刻了啊，天！

你尽管笑，笑这世界的苍老，

笑这云的酷冷，海的蛮，山的傲……

这时刻已容不得你再去想，

上帝许可你发这么一次的狂。

你不要憩，你也别说累，

生命只剩了这一忽儿的美；

你尽管跳，不要等，反正是早晚

总会枯了海，烂了山，塌了这天，

那时你再合上眼永远去休息，

世界决不来，决不来惊扰你！

选自《文学季刊》创刊号（1934 年 1 月 1 日）

炉边

寒先艾

我厌恶白昼的光明，

在黑夜里才有和平；

小屋比深山古寺还要静谧，

更听不到佛堂的清磬木鱼。

默对着炉火的惨红，

像伫足于金字塔峰；

这些都是名贵绝代的古坟，

看坟台依稀缭绕万点青烧。

忽然一位帝王显现，

举止有无限的华严；

最慈祥是他那吸人的目光，

绝不类幽灵，似圣像在天堂。

他俯向我笑容可掬，

"我深知你生活孤寂；

何妨来游览这离奇的古塔，

鲜花装点的墓宫其乐无涯?"

凝望他辉煌的冕旒,
我正要想说一声"走"
红炉的火却渐渐渐灭消融,
眼前的一切都变成了幻空。

选自《矛盾月刊》第 2 卷第 5 期(1934 年 1 月 1 日)

访

李广田

在一座古老的客室里,
听边城一声啼鸡。
午后一时。

主人不在,原不曾有过约言的。
壁上挂剑——依然一江秋夜月,
可惜已没有起舞之意了。
只梦想:遥遥的旅途,
好春天,春的细雨。

案头梅花,开得像一簇朝雾,
寂然时,生机一室。
但是,我还有什么豪兴,

远行者永怀一求栖之心，

此坐也已是一归了。

欢愁都不自知，

自在地，且舒一长息吧——

怎样了，好花吹落无数，

哪来的一席风雨？

听午鸡可还啼不？

珠泪花发，眼底已尽成云影了。

　　一九三四年一月九日

　　选自卞之琳编《汉园集》，上海商务印书馆，1936 年 3 月版

低诉

杨志粹

谁说我没有忧郁呢，

我的温和的面颊，

同我的心是成反比例的，

可是，人家却想不到这个哪。

我的面颊是炎炎的夏日，

我的心是落寞的秋天，

这秋天是没有时间性的，

是无边际的沙漠，

又是无底止的古井。

地面上的秋是早经来了，
我心头的秋也深了，
你看着阴霾而暗淡的日期，
给凉风吹过的凄恻的心情。

我于是极力低垂了头，
黯然对一篇黄叶唼眼，
（希望在枯瘪的茎脉上僵硬了呢！）
婀丝丁，
你的记忆是一团暗云呀，
告诉你，我的面颊也和心一样了。

选自《现代》第 4 卷第 3 期

水手

番草

吹着口哨，歪戴着鸭舌帽，
口角上挂着微笑，又像不是笑，
披着湿润的海风，攀着铁索；
他，石像般地伫立在船艄。

海的风，海的雨，海的雾，

铸成了他青铁的眼，紫铜的皮肤；
狂涛的声音，暴风雨的声音，
浸透了他由战栗而深沉的灵魂。

西北方是天津，那儿多女人，
杨柳青的女人是多么地温存；
紧搂着她，说着甜心的情话——
谁管那些是真还是假？

东南方是上海，那儿多朋友，
邀请着朋友们同去上酒楼；
你一杯，我一杯，吃得烂醉——
谁知道下一趟能回不能回？

望着天，天是渺茫的展开，
望着海，海是百万的澎湃；
天与海结成了单纯的世界，
在这儿有他的过去，现在与未来。

哀叫着的海鸥哟寂寞的生命，
闪烁着的星斗哟微弱的光明。
夜已深，他还是伫立着不动，
想起那悠久的疑问：这便是人生？

选自《现代》第 4 卷第 4 期（1934 年 2 月 1 日）

无名的山谷

李金发

山腰的地层，显出龙钟的丑态，
飞鹰翱翔着寻觅其故子之尸骸，
细雨牵住行舟，
更笼罩着伫立沙渚的白鸥，
尤怨的竹林，
正盼望新春的抚慰。

山神不曾出谷，任风雨在徘徊，
雾气掩没峰峦，
如战阵前烟幕，
显出胜利之神态，
只缺乏一点生机，
阳光隐藏九天之外，
得意着如卧龙哲人。

这个大小山脉之尾闾那边，
团聚着无数宿命之徒，
肥沃的土地没有厚遇他们，
至今饥渴者之悲鸣，
环绕在滩石的水沫上。

选自《现代》第 4 卷第 4 期（1934 年 2 月 1 日）

野哭

林英强

叩商弦角羽吧，

草原已是十分荒芜了。

且是野哭千家，

痛惜世代的饥馑?

无奈廿载的寒月，

仍是荒乱的凶年;

有酒肉之朱门，

无四野的饿殍吗?

商驰的鹰隼，

难恕贪污的啼鸦吧;

而西陨的红阳，

对白骨岂不太息么?

风绕龙缠之帝庭，

非是难越的雷池哪!

为着饥馑的凶年，

志者是应揭竿而起了。

选自《矛盾》第 3 卷第 1 期（1934 年 3 月 1 日）

春烂了时

徐迟

时街上起伏的爵士音乐
操纵着　蚂蚁　蚂蚁们

乡间　我是小野花
时常微笑的
随便什么颜色　都适合的
幸福的

你不经意地撒下了饵来
钻进玩笑的网
从　广阔的田野
就搬到蚂蚁的群中了

把忧郁溶化在都市中
太多的蚂蚁
死了一个　也不足惜吧

这贪心的蚂蚁
他还是在希冀你的剩余的温情哩
在失却之心情中　冀求着

街上　厚脸的失业者伸着帽子

布施些　布施些

爵士音乐奏的是　春烂了时

春烂了时

野花想起了广阔的田野

选自《矛盾》第 3 卷第 1 期（1934 年 3 月 15 日）

时代

林庚

红叶在两岸渲染着

我直沉入深峡中了…………

一夜的噩梦

日间人的警告

乃如此的不能忘掉吗？

我哭了一夜，我听见

额非尔士峰上刻碑的声音了！

我唱出我久久不敢露出的一句话

当晓色划分出这个时代！

我看见平原之歌者

随风而走上绿草来

月明之夜

清醒的

白纸的灯笼掉在地上燃着

　如幽灵般走过

踏着欣欢之脚步

选自《文学季刊》第 2 期（1934 年 4 月 1 日）

母亲的泪

减波

母亲，给别人家补破衣裳，

手腕上挂着竹篾筐，

时时流下水样的珠泪，

一点一滴的向一针一线的衣缝里坠！

她悲痛着过去的日子，

有如噩梦一般的压在心中；

她憎恶关北开头的那一声炮火，

毁灭了她们一家人的小安康乐。

唉！富于顽性的孩子的爸爸，

她眼睁睁的望着死在日兵的刺刀下：

像狼舌一样红红的焰火，

一些不容情地轰她们进最患难的一角！

施舍完了到街上去乞讨，

战争停后在风雨里睡觉；

她们无能抵抗这恶劣的烟炮，

有如她们不轻易舍去那小安康乐。

现在可完全失去了呢，

没有失去的只剩留下三岁的孩子一个；

同王妈们一块儿东奔西颠，

卷入了世界上最苦的人群之一伙。

母亲，母亲：

她可是远远没有脱去那易感的心；

她时时滚下水样的珠泪，

一点一滴向一针一线的衣缝里坠！

　　　选自《春光》第 1 卷第 2 号（1934 年 4 月 1 日）

你是人间的四月天①

——一句爱的赞颂

林徽因

我说你是人间的四月天；

笑响点亮了四面风；轻灵

—————————

①该诗发表时署名为徽音。

在春的光艳中交舞着变。

你是四月早天里的云烟，
黄昏吹着风的软，星子在
无意中闪，细雨点洒在花前。

那轻，那娉婷你是，鲜妍
百花的冠冕你戴着，你是
天真，庄严，你是夜夜的月圆。

雪化后那片鹅黄，你像；新鲜
初放芽的绿，你是；柔嫩喜悦
水光浮动着你梦期待中白莲。

你是一树一树的花开，是燕
在梁间呢喃，——你是爱，是暖，
是希望，你是人间的四月天！

选自《学文月刊》第 1 卷 1 期（1934 年 4 月 5 日）

印象

辛笛

流　流
蒲藻低下头

微风摆着得意的手

满河的星子

涨得和天一般高

一似看花的老眼

逗出盛年时的笑

或是秋天的草萤

起落平林间

十五年前的溪梦

向我走来了

一个仲夏之夜

在大人的蒲扇下

听过往的流水说话

不　有时也听了

鬼的故事

红纱的灯笼

送我回家

灯笼后的影子

随着无尽的日月

也是那么

一晃一晃地

独自成长了

成长了

又来听流水的嗟嗟

　　一九三四年四月

　　一个自燕京回清华

多星的夜晚

选自《清华周刊》1934 年第 41 卷第 10 期

都会的满月

徐迟

写着罗马字的

Ⅰ Ⅱ Ⅲ Ⅳ Ⅴ Ⅵ Ⅶ Ⅷ Ⅸ Ⅹ Ⅺ Ⅻ代表的十二个星；

绕着一圈齿轮。

夜夜的满月，立体的平面的机件。

贴在摩天楼的塔上的满月。

另一座摩天楼低俯下的都会的满月。

短针一样的人，

长针一样的影子，

偶或望一望都会的满月的表面。

知道了都会的满月的浮载的哲理，

知道了时刻之分，

明月与灯与钟的兼有了。

选自《现代》第 5 卷第 1 期（1934 年 5 月 1 日）

二十年后

方敬

在高楼的窗边

执着高翘的呢帽，

向一隅沉寂的天地

我献给一个端庄的顶礼。

慨叹时日的叶子缤纷垂谢，

二十年迢迢的征途

曾覆被疲乏的尘土，

更沾湿过兴奋的汗颗。

而今我换口安舒的空气，

回想浑身经历的风霜，

尤觉摸索的手掌之可贵。

我挥舞着陈旧的呢帽，

默想招回已老的情绪。

这灰色的景致里

有南风在游戏？

我吹奏一曲无题的哨子，

穿度四月的花丛，

随沉寂而息止。

我独自欢欣着

我更将有崭新的举步，

遥想着未来的道里，

始知珍爱双足的力量。

五月十五日

嫩黄之忆（一）

吴组缃

正 月

纸锭挂在后门边

太阳脚在檐前

暖和的好天气

飘飘的草烬像小船

摇荡于晴空

落一支在我家天井吧

父亲点起红烛了

寡妇的哭声涂满屋脊

灯

黑洞洞的田野

锣鼓喧天

花灯影子幢幢的

投在阳沟里

斑驳的墙壁

烛光如得意的小雀

跳跃于尖尖的鼻上

黑的眉毛热红的颊

　湿漉漉的眼珠

一个怅惘的心如那烛火

在路旁瓦砾里

井　边

蝙蝠吱吱闪过

脱下一只鞋

模糊的屋脊

驼背子哥哥

空气里有稻花香

井栏上横着挽杆的影子

叮——咚——滴——

选自《华北日报·文艺周刊》第 8 期（1934 年 5 月 21 日）

夜之神

灰马

你从我头上迅速地向幻灭中飞了过去，

而且游历了许多梦的领域，

你的旅程却是那样地短促哟!

也许你已经窃听了人世的私语吧,

那一些你所觉得厌烦的。

你告诉我为什么你要这样地遨游?

为什么你又要撷萎人家的年华?

难道一切都须得像你的旅程么?

是的, 天底下是寻不着一句绝对的话,

连一个相当的字眼也没有;

你已带了凄凉的光来洗濯每一件过失吗?

那里面是包含着享乐的还是痛苦的呢?

如果是这样, 你应该把手放松这边,

专门去收缩那繁艳的日子,

使一般的梦都在平等的时间里活着。

选自《美术杂志》1934 年第 2 期

珠空

李心若

夜在珠空下。

有人感到有另一珠空, ——

不是星星呢

那是恋人的眼哪。

寂寥中，黑暗里。
人的珠空比天的更璀璨呢；
且往往因它而忘了天的。

你有你的珠空吗？
我是有的；不过，
它是荡着秋气的。

荡着秋气的珠空是给人以悲感的，
所以我对着我的珠空时
像萧瑟的树，且有时带着雨。

我的珠空将不会荡着秋气吧？
那全要视我的恋人的心了。
我愿你们有不荡着秋气的珠空呢。

选自《现代》1934 年第 5 卷第 5 期

世纪的脸

于赓虞

不必到发眉斑白时节，
我已看够人世的浩劫。
从上帝登了他的宝座，
他就铸下了一个大错。

因他给人神思与魔欲，
所以就到处演着悲剧。
就从上帝造人的时候，
罪恶即已在人心狂吼。

他遣下一个神人耶稣，
带着爱的光与人同住。
传教于山巅明月之下，
终以鲜血染了十字架。

从那时上帝即已后悔，
觉着造人就成了累赘。
于是他收回人的神思，
将人脸上铸了个苦字。

因此人就变成了疯狂，
见骨山血流也不着慌。
一切好像是升平世界，
罪恶紧抱住城市山野。

淫欲在少女发上舞蹈，
老媪在深宵感到烦躁。
太阳比不了那股狂热，
所以在罪恶之河奔涉。

有时虽对着明月歌唱，

但可想那是什么惆怅。

倘把她独自锁在深山，

她就不再转媚人之眼。

至于贪财好名的男人，

那罪恶更比山高，海深。

在梦里他还百般计算，

早已把羞辱掷到云端。

倘能得女人，金钱，美酒，

他就再不向高处追求。

因此虽遍身血迹，在牢

狱里，他还是满脸微笑。

请瞧这人间玩的把戏，

圣人搂抱着美的妓女，

险毒挺着臂游于街市，

长蛇自由在神堂奔驰。

垃圾上偶然开朵鲜花，

蛆虫就在那上面乱爬。

道德卖弄着虚伪的脸，

时而伸头在人间，云端。

城市通宵有漫天红光，

荒村白天也无人来往。

到处开着庆功的欢宴，

谁知人间有血渠，骨山。

日月虽然在照常行走，

但却是一点光彩不留。

人类不因此感到伤心，

飞鸟到日出仍旧歌吟。

可怜这笔下没有神采，

因为这不是神的世界。

投笔向窗外凝视云天，

长天也只是黑暗一片。

选自于赓虞著《世纪的脸》，北新书局，1934 年 6 月版

嫩黄之忆（续）

吴组缃

荒　院

门缝里的三燕坦

　扳着寂寞的脸

红毛伯伯出去了

大蜘蛛当着家

白茅在墙头看四方

哭得脸都焦黄了

　车前草里的栗团子

暗绿井栏旁

遗落一只红绣鞋——

那丫头还在呜咽吗

白头发老人出来要馃吃了

病　愈

庭中花草骤然发长了

一只苍蝇碰着玻璃

地板上躺着雪梨皮

冬瓜汤冒着腾腾的气

软绵绵的脚

蓝的心融合着母亲的笑

　飞在蓝的天空里

隐　秘

阴湿的天气

小雨滴着绿苔

那迷漾的寂寞呵

一只小老鼠

在心里窜跳着

我要躲到荒园的拐角里去

草墩上

蚱蜢的的飞
红果子像抿着的嘴
银绞丝镯颤动着
妖姣的小白蛇钻入草里了
"咄，羊，你抢我的"
羊扭扭下巴
"咩罕罕"

菜　园

南瓜藤懒懒地伸着手
穿黄背心的萤火虫
　　从旺丫头颈上飞走了
苋菜笑眯着两片荚
石榴花朵朵红
——哩啦哩呢啦
银姑娘满头绒花

窗　外

麦秆锁在后园里
蝴蝶飞过墙头
　　去远了

阶沿上谁丢的

那憔悴的栀子花

——一条蛇似的粗辫子

　漠漠月亮漠漠雨

无端的眼泪

腊梅树

墙脚上绿苔

拖着银灰的带

　蝓蜒懒懒地睡着了

蟋蟀的琴声在草边

——在乱石里

钢丝罩子在脚背

——在手里

飕飕一阵风

　黄叶打我的头

深巷中有拐杖声

腊梅树老迈了

选自《文学季刊》第 1 卷第 3 期（1934 年 7 月 1 日）

海鸥

蒲风

海鸥追着船飞，

低低的剪过水面，

急急的扑向浪里；

好像滞留在空中，

飞，飞，是并着船追。

不怕前后左右茫茫一片水，

抓碎了多少泡沫，

扑空打不消追求的愿望；

没有贪图水上片刻的休息，

一边在唱，一边在低翔。

——不倦地追，不倦地追！

一九三四，七，廿八于海上。

选自蒲风著《蒲风诗选》，作家出版社，1957 年 1 月版

月夜在鸡鸣寺

方令孺

这一面被时间磨亮的窗槛

是无边的银灰色——月光照着海岸：

溪谷泛滥了，直向远山的膝前激荡。

我看见它涌伏在那遥远的高树巅，

在春来新发的枝条上。

我稳靠着窗沿，晕晕的望着

月光的波涛展开，向更远的山冈。

我向下看，水这样深，波这样阔，

忽然悬在佛堂的长明灯爆出一闪光，

提醒我这古城的明丽，

我冲下去，不再惊惶。

月光推倒我又扶起——

这甜蜜的，忍心的月光！

我觉得自己沉浸在宇宙的大海里，

与极美的黑夜同在。

但是，我虽舍身给这超绝的欢狂，

有一件惨痛的心思在作弄我：

我伸开我的双臂，

现出这永不得完成的渴望！

对这平静的，窥不透的

银灰色的月光，它冲过了溪谷，

直向远山的膝前激荡。

选自《学文月刊》第 1 卷第 3 期（1934 年 7 月）

航

辛笛

帆起了
帆向落日的去处
明净与古老
风帆吻着暗色的水
有如黑蝶与白蝶

明月照在当头
青色的蛇
弄着银色的明珠
桅上的人语
风吹过来
水手问起雨和星辰

从日到夜
从夜到日
我们航不出这圆圈
后一个圆
前一个圆
一个永恒
而无涯涘的圆圈

将生命的茫茫

脱卸与茫茫的烟水

一九三四年八月海上

选自《大公报·文艺副刊》1934 年

一句话

徐讦

我心灵感到异样的沉重，
为我有句未说出的话。
窗棂上挂着南来的风，
有春雨在庭院里轻洒。
——二十年来只有那株树开花，
我想今天也不会有什么变化。

倒是窗外的步声使我心头怔忡，
因为我想知道那陌生的脚底，
是否带着我故土的泥沙？
在泥沙上我要知道故土的耕种，
靠那荆棘编成的短篱，
豆棚架上可延上了南瓜。

我要留那窗外的脚步稍慢移动，
听我心头一句未说出的话，

可是我能说出什么呢？

除了我心底有点沉重。

——但这，并非为我想念故乡手植的南瓜，

是二十年前的架下，我有句闷在我心底的话。

一九三四·四·二九，晨。上海

选自《人间世》第 9 期（1934 年 8 月 5 日），原载于《清华周刊》1934 年
第 41 卷第 10 期

自画像

汪铭竹

在我虬蟠的发上，我将缢死七个灵魂；

而我之心底是湍洄着万古愁的。

居室之案头将蹲踞一头黑猫——爱仑坡

所心醉的；它眯起曼泽之眸子为我挑拣韵脚。

将以一只黑蝙蝠为诗叶之纸镇；墨水盂里，

储有屠龙的血，是为签押于撒旦底圣书上用的。

闭紧了嘴，我能沉默五百年；

像无人居废院之山门，不溜进一点风。

但有时一千句话语并作一句说，冲脱出

齿舌，如火如飙风如活火山喷射之熔石。

站在生死之门限上，我紧握自己生命
于掌心，誓以之为织我唯一梦之经纬。

于蠢昧的肉食者群中，能曳尾泥涂吗；
我终将如南非之长颈鹿，扬首天边外。

世人呀，如午夜穿松原十里即飞逝之列车矫影，
位在你们灵殿上，我将永远是一座 Sphnix，永远地。

一九三四，八，廿五，早九时
选自《诗帆》第 2 期（1934 年 9 月 15 日）

疲惫者之歌

方玮德

几时我坐在赤道的林下，
背上全是蛮女送我的花，
咖啡染黑了我的唇，牙，
我手爪，脚趾里全装满沙；
从早晨到夜晚我不忧愁，
我游泳唱歌，打槟榔，吃红茶，
夜里蛮女们嚼破舌尖，说她们的痴心话：
唉，几时，我坐在赤道的林下！

几时我能够流下一两行苦汗,

(汗的交流织成工作的浪花。)

我有壮健的粗臂,长毛的手,

我有咬得下铁甲虫的齿牙,

从早到夜晚我不知悲伤,

我有个老婆,会种菜,会做竹篮,

星期那一天我们吃一点牛油,来上两根腊肠:

唉,几时我能流下一两行苦汗!

唉,几时我能流下一两行苦汗!

看,每个早晨我从坟墓里起来,

每个夜晚又向坟墓里睡倒,

唉,几时我坐在赤道的林下!

1934 年夏天,写于鼓浪屿

选自《文艺月刊》1934 第 6 卷第 2 期

鬼曲

老舍

在个风微云重的冬天,

疏散的雪花轻落。

三五只寒雀躲在窗前,

吞着头彼此时时偷看;

会意的偶尔啾啾两声,

今日的饥寒也许是

"自然"的慈善：雪掩的麦田

预言着端午的金粒。

冷气慢慢培肥了雪花，

也密起来，前仆后继。

没有管弦的轻舞似狐步无声，

树枝与小风也不再低语。

三伏三九是午睡的故乡，

无聊伴送我入了梦境：

寒花似的抱着些悲酸，

乱世人，哎！哪有香甜的梦。

在条空路上我独自前行，

微光仅足拦回过度的恐怖。

切盼面前有些灯光，

或是犬吠，给行人点安慰，

宇宙似还没有诞生，

连海菱样的蝙蝠也不见一个。

不敢折回，知道来时

并未遇见什么人，物。

听着自己的足音，

看着自己的襟袖，

连头也懒得抬一抬，

希望中的星天是无边的黑暗。

也许左近有插天的乱峰，

千年积雪断尽了春的消息；

什么也胜于独自心跳，

可是什么也看不到；
失望若是惊恐的泉源，
只好勉强勇敢将自己欺骗。

像赤道上的昼忽成夜，
庞丑的黑影猛然吞尽余光！
即使路旁尽是江南的新柳，
极留神的我守住路中央；
有路可循是唯一的安慰，
最近的黑暗仿佛是最温柔！
记得儿时在慈母的膝上，
襟袋里满载着一个铜钱
的落花生——甜美的追忆！
炉火烘暖我的通身；
连母亲的腮上，那么苍白，
也透出了顷刻的微红，
字字甜蜜，她诓我入睡：
说什么大年三十的夜间，
诸神下界，就是个小儿在
黑处独行，也没有老妖
敢伸出绿毛的巨手……
时时我渴望着岁残，
可以任情的通宵玩耍；
虽然在除夕的忙乱中，
辫上结着新红的绒线，
还是早早的睡去。啊，半世违离，

因一时的恐怖想起慈亲的言语；

但愿今天便是那样的时光，

纵无爆竹与群星，也无危险！

祈求是危害的先兆，

不久我便越发不安：

我的眼虽看惯了黑暗，

可是辨不清何处来的水声。

我的耳专听着自己的心跳，

外面的微音加重了颤惊；

况且似雨后的野流四窜，

带着砂石各自把阻碍冲开，

或是浑河在秋前突涨，

平堤的群溜击撞成旋。

听官只会半疑的暗示，

真像，黑暗封着眼，我无从看清。

莫非是在危崖之上，

举步便落入毒恶的蛟潭？

还是路已成了海角，

孤独的指着腥海荒流？

也许是距离得还很远，

夜静的波涛分外惊心？

即使是想象试探着勇气，

自卫的本能阻住了足音；

像多脚的绿虫在秋阴下，

一声落叶使它缩敛成一团。

经验教给我莫要慌张，

立定了细听水声的所在。

以足轻试，像谨慎的盲人，

果然，地上有些泥湿。

河，也许是海，必是在我面前，

与来时的道路形成丁字。

急流不断，在暗里奔驰，

似从史前流来的恐怖；

只有我的两眼渴望光明，

万有似都在混沌中摸索惯。

看不见的水声，想象的母亲：

桃花流水与黑洋的野浪，

在暗中是一样的变化万端，

水与夜的交谈操着鬼语！

我欲狂叫那创造之神，

一个巨闪照裂了天地。

冷风阵阵从野浪上吹来，

腥苦的雾花挂湿了眉发。

我想轻身去暂避风寒；

刚想到，暗中显了异象：

一星铜绿的火光从远处闪来，

似梦前的眼花明隐不定。

头上无限的黑云，

面前万顷的夜色，

飘着这一点鬼绿的流光，

还有，还有点笛声断续！

从黑暗里向黑暗里探身，

好奇心有时胜过惊惧，

它忽上忽下的升沉，

若是船，必是轻而不稳：

像港口夜间迎客的小舟，

在大船的浪旁一升一落。

渐渐的，风弱时也还有笛声，

细直尖酸似雏鹰的哀叫。

最后，我看见伴着绿光，

前进，是一些破碎的水影。

看清了！灯下的风中

惊疑的摆着一片惨碧，

是一面小小的白旗，

被灯光照得微绿。

一个长齿的头骨，那灯！

一双深孔吐出青火。

白骨的桅杆扯着白旗，

倚桅而坐一架骷髅吹着细笛。

一俯一昂，船嘴瘦长，

啄着黑浪，在我眼前浮过！

心挂在眼上，眼随着灯，

宇宙间只有那点绿光闪动；

生命只剩了一点惊疑，

呆立，我忘了呼吸。

船侧，追逐着那点微光，

是几小条不很明的蛇浪。

落在船后的笛音已经不多；

那光，远一点，远一点，

似一缕豆须伸入夜间；

再远，还远，飘入永久的黑暗，

忽隐忽现；一个流萤

不自主的随风而逝。

似看着最亲近的埋入墓中，

我痴立茫然，只想悲叹。

似斜风里的银背杨叶，

我全身颤抖，惊惶

在回想中凝结了血管。

顾不得危险与湿寒，

不自主的我瘫在岸上；

也许正对着巨口的鳄鱼，

滴着馋涎向我轻掉铁尾。

但是，我把这一点肉身

交给了任何样的命运，

水声渐远，流入死样的渺茫。

　　关于这点诗的说明：我能作诗吗？我不知道。老想试试，可是。今年春天，

忽然想到"鬼曲"；谁知是怎么想起来的呢。它是个梦中的梦。在梦里，我见着

很多鬼头鬼脑的人与事。我要描写他们，并且判断他们。假如有点思想的话，就

在这"判断"里。我不能叫这些鬼头鬼脑的人与事就那么"人"似的,"事"似的;我判定,并且惩罚。有点像《神曲》中的"地狱"。但只有"地狱"而无"天堂"等。主意拿定,我就动了笔。到四月间写成了梦中之梦的头一个梦,就是这里的这几行,也就是个小引子。写成,便放在一边,打算把后面全写好再发表。可是从四月到现在,没有拿笔的机会,而诗又是慢工儿活,即使将来能继续作,何年何月作成,简直不敢说。先发表这点吧。自然,这是个小引子,什么意思也没有。要发表它的原因是:以后如能继续往下写,在文字上就照着这几行的样儿:没韵,行与节的长短都没一定,字面儿浅而要句句落实,不甚求修辞的帮助,由全体看来能像首诗——叙述的。谁知道诗应否这样作呢?! 即使这是一条路子,我能作到好处与否呢?! 因此,发表出这点来;一面是个将来继续作的督促,一面是希望朋友们先指教指教。

选自《现代》第 5 卷第 5 期(1934 年 9 月 1 日)

病榻的私语

程千帆

为什么你尽撩拨自己的心呢?
答复说:诗歌,希望同失望的栈房,
同样是病人的禁果。好天良夜,
抛弃掉一些可以抛弃的东西吧!

(爸爸的白头发是七月天的星;
六十年辛苦的指望落在你肩上。
"唉,人老了!"当咳着沉重的音标,
他愿意你是他的一个克家之子。)

放下笔呀，写作徒然将你渧恼；

情爱对于穷人也是奢侈的物事。

若是你肯将伤感关入禁闭室，

便可以在院里少住半个月十天。

选自《诗帆》1934 年第 2 期

无题一

林庚

一盆清丽的脸水

映着天宇的白云万物

我俯下去洗脸了

肥皂泡沫浮满了灰蓝色的盆

在一个清晨或一个傍晚

光渐变得微弱了的时候

我穿的盥衣是一件国货

华丽的镶边与长穗的带子

一块湖滨新买来的面帕

漂在水上如白净的船篷

于是我想着一件似乎很怅惘的事

在把一盆脸水通通的倒完时

选自林庚著《春野与窗》，文学评论社，1934 年 10 月版

自然

林庚

星球日夜流转着

语吻如小儿

温馨如少女

在那里有远山的狮吼

回声如梦境

如僧院，如清醒

广博若深远，温柔如轻云

浓烈而郁郁

乳色的天日夜浮过

森林的耳语，有树的沉香

潮湿里腐朽的霉味，菌的气息

幽深而漫长，轻微而震荡

华丽如真实，奇境如幻想

月亮带着喇叭上升

抱着琵琶下去

独角鬼追逐着风，来去如寻找

吹过如留恋，如回想

如琴弦，弓响，悔恨

如处女肌肤的芬沁，鸥鶒的叫唤

如浪子的笛声

如有恶力加入

如破坏，如完成。

那里有日光中多花的草原

太息如凝脂，触觉如绿意，如眼泪，

如素心，柔弱如骄傲！

天的怀抱中鹰翅伸长

急掠，弧线，与回旋

如将沉醉于正午

于黄昏，于夜来

刚劲而柔韧

迷恋而无方

选自《诗歌月报》第 2 卷第 1 期（1934 年 10 月 1 日）

扇

何其芳

设若少女妆台间没有镜子，

成天凝望着悬在壁上的宫扇，

扇上的楼阁如水中倒影，

染着剩粉残泪如烟云，

叹华年流过绢面，

迷途的仙源不可往寻，

如寒冷的月里有了生物，

每夜凝望这苹果形的地球，

猜在它的山谷的浓淡阴影下，

居住着的是多么幸福……

十月十一日

选自《水星》第 1 卷第 6 期（1935 年 3 月 10 日）

荔枝湾上卖唱的姑娘

蒲风

一个面对着小洋琴，冷清清的秋夜，

战栗的竹片上传出战栗的声音；

更有一个在胡弦上拨送出生命的叹息，

相和着：呜呜咽咽，叮叮咛咛！

希望正似阴沉的天空，

不露一点星光，月被遮住脸孔。

游艇被弃在暗黑的角落，

好像无数的黑棺在铺排着，

不点灯，蓄下暗暗的一片朦胧。

人们也许记住往日的繁荣：

百十游艇在穿梭，水面轻巡着凉爽的风，

游艇里飘出粉香，送出乐音，

也夹杂着情人们的细语哝哝。

可是，如今的荔枝湾已入了暮年，

正像天空重叠了万千云堆，

荔枝湾，水也添上无数暗黑的皱澜。

阴影里不再显出摇曳的倒映，

深沟却更是恶臭的渊源。

唉！冷的荔枝湾谁来游玩？

臭的荔枝湾上谁来买唱？

哦哦！你两个卖唱的姑娘，

戴上你阴沉的脸孔，

忍耐着冷风的刺伤，

眼睁睁地望着，

望着远远的不景气的市场；

呜呜咽咽，叮叮咛咛——

你们可准备寂寞地弹唱到天亮？

一九三四年十月廿四日，于广州。

选自蒲风著《生活》，诗人俱乐部，1936 年 9 月版

别夜

林丁

窗上的灯光

像褪金的纸。

伴着清寒的夜，

秋葵无声地开了。

主人是寂寞吧？

飘荡着失眠意。

望着窗，

有人轻轻地叹息，

脚步迟钝，

找不出要说的话，

一滴泪洒在苍苔；

树影的线条

在身上连续地变了。

夜这样深。

曳着金线的星光

流往什么地方呢？

茵梦湖里的歌声

在远处消隐。

　　　十月于济南

　　　选自《水星》1934 年第 1 卷第 3 期

麦酒

陈江帆

因为怕成为历史上的，

你的心是一只浮空体了，

它生长在香粉和时装的氛围中，

做着灰鸽般的流浪呀。

将没有颓败之感吧，

如灰鸽没有颓败之感，
温度被人工调养着，
十二月的园里也见了朱砂菊。

感官的香味跟感受者一同消长的，
倘你一日有衰弱症的嫌厌呢！
让窗子将田舍的风景放进来，
你不将想起已成为历史上的麦酒吗？

街

陈江帆

穿过了桥，
像南欧的独木舟载着你，
轻轻地，你踏出
细月亮的街。

月亮是细到只照见水门汀，
和你马来女的舞姿的步武。
用秘密的视线触觉着，
我愿一切是影画哪！

因为你善步舞的，
纵我想出一个远土的小港，
从细月亮的街回过来，

你能小住我棕榈的板房中吗?

以上 2 首选自《现代》第 6 卷第 1 期（1934 年 11 月 1 日）

花盆

林庚

池塘生春草，

池上一棵树，

树言，

"我以前是一颗种子。"

卓言，

"我们都是一个生命。"

植树的人走了来，

看树道，

"我的树真长得高，——

我不知哪里将是我的墓?"

他仿佛想将一钵花端进去。

五月十八日

选自《水星》第 1 卷第 2 期（1934 年 11 月 10 日）

石像之歌

南星

你来过几次我记不清楚了，
但我记得你足迹的数目，
无论留在草叶上或土地上的，
因为当这园林欢迎你的时候
我就要用力地低头了。

你将怎样猜想我的经历呢？
也许你以为我是一个新客，
远不如株赤枫或一株白棉，
也许你的思想或记忆
不会来到我的身上，永远地。

如若我自己对过去生出疑问了，
我回想一些连绵雨的日子，
一些沉重的雪花封住全地的日子。
我曾觉到秋与冬的转移，
我曾听见风歌唱着像一个牧者。

莫来看我吧——
这全身上的斑痕
将为我上面的话作证。

你第一次已是来迟了，

如若这园里没有年青的花草。

但我非分地希冀着

阳光以外的温暖，

或一个生人的眼光，

或虫儿们所不了解的声音，

使我忘记了残酷的风雨，年月。

每一次你来到的时候，

我忧伤地欺骗着自己，

称你为远远的我的客人，

我的心被感谢充满了，

因为你给我以异样的气息。

　　选自《水星》第 1 卷第 2 期（1934 年 11 月 10 日），后 1935 年又发表于
《文艺月报》1935 年第 1 卷第 4 期时文字略有改动

灯下

李广田

望青山而垂泪，

可惜已是岁晚了，

大漠中有倦行的骆驼

哀咽，空想象潭影而昂首。

乃自慰于一壁灯光之温柔，

要求卜于一册古老的卷帙，

想有人在远海的岛上

伫立，正仰叹一天星斗。

一九三四年十一月十二日

选自《水星》1934 年第 1 卷第 3 期

锚练

谢冰季

天气好的时候，

蓝色的回忆随着白云飘来了。

当可亲的太阳铺着上午，

冬日仍有春天的遐想。

锚练悠闲的顺着江潮躺着时，

野鸭儿成群的从上流滑下来了。

黄色的江上也尽闪着光星儿，

期待的来日是流的快的。

一九三四，一一，二七，长江。

选自《燕大旬刊》1935 年第 5 期

感旧

　　——以此纪念先大父静涵公

孙望

束发潜攻的代价呢？
四十余年的伏案，
寒秀才是无补于事的。

纸窗前夜夜有红烛，
也夜夜剔着烟花，
那吭吟声全是辛苦的。

朱砂圈圈在试帖上，
股红正如功名心，
一个圈，费一回沉吟。

浓密的思想凝结在
浓密的雾里，平仄
就许在烟筒里调好了？

一根香烧尽又一根，
人影在窗前疲倦，
人影也在窗前衰老。

而今四十年伏案的

祖公已经弃世了！

功名怕还在朱砂圈上？

名远楼凋残了举子梦，

几箱古书尘封着，

尘封着正如幕下的祖公。

一九三四，一月廿五，写于常熟新庄

选自《水星》1934 年第 1 卷第 3 期

老人与海

李广田

说我是疯了，是痴了，

这有谁知道？我知道

我只是要放歌，像海，

因为我听了海，

刚从海上来。

我老了，不中用了，你看

我的头发已这样白，

白发在风里摇，

像白浪在海上跑；

说我的眼睛有点蓝了，是的，

有点蓝，这是我的眼

变成了两只小海，蓝比天；

你看，我的衣服也烂了，

烂得像一件

海上的破渔蓑了，

然而我戴了这些花，野花的环，

我穿了这些藤萝蔓，葡萄的蔓，

我实在是穿得极其华美呢，

我怎能不穿得这样华美呢，

就因为我要放歌，像海。

我老了，而我的家也太老，太老了，

我要到哪儿去，到哪儿去呢？——

海——海——海——，我要去听海，

在梦里唤过我的名字的，海。

我看了海，我听了海，

我知道我真是老了，

我已经没有

要去作一个年青的航海者

在天与海之间

耐酷暑与严寒

远涉重洋去探寻奇迹的

那心情了，

但我还有着火，老年人的火，

不信请摸摸看，我的胸膛有多么热，

而且，我还有我的好歌喉，

于是我只想放歌，

放歌像海。

现在，现在我是在哪儿呢？

你们把我带到了什么地方呢？

我的放歌的海去我多远呢，我的

曾经告诉过我

说天有多么高，风涛有多么险，

你要向哪儿逃，向哪儿逃吗，

你看看，它说，这儿是天连水，水又连着天。

你们为什么把我带回来，

为什么强迫我离开了海呢？

怎么，你们都要跑，都要躲开？

天要落雨，就尽管落吧，

黑云已遮盖了满天，

雷神已擂起天鼓，扇起火扇了，

你们要走，就尽管走，

反正，这时候是更适合于我的时候了。

来，让暴风雨来袭击我的白发吧，

暴风雨是无损于

一个老年人的白发的，

来，让暴风雨来袭击我的华服吧，

暴风雨是无损于

一个善歌者的华服的，

在暴风雨中，我将听到海，

我要在暴风里放歌，放歌像海。

一九三四，八，一八。

选自《文学季刊》第 1 卷第 4 期（1934 年 12 月 16 日）

吹笛人

罗莫辰

落叶纷飞纷飞的一日
吹笛人低着头离开了树林

他不知道树林仍在唱在唱
树林也不知道他的告别
他留下自己在林中
而将树林带走了么

冬天大地沉没在雾的海底
树林静静地做着长梦

可是吹笛人始终没有走远
他坐在林边低着头低着头
真静　除非隐约地
听到迷了路的鸟声

　　一九三四年冬　里昂

　　选自《水星》1935 年第 2 卷第 2 期

六月

滕刚

南风下的烟囱，

下面还有蓝衣人

映着火景如虹。

铁轮边两只

煤烟的鼻孔。

有人在楼梯下做梦：

（Chimney – Sweepers

十七世纪的赞颂）

Lamb 笔下之姿容。

被碎于美国式的心中。

一九三四，廿四晚美孚灯下

选自《诗刊》1934 年第 2 期

夜①

罗莫辰

梦在无梦的梦中

───────────────

①该诗在 1936 年《新诗》第一期上改名为《永夜》。

知道跋涉的重量么

悄悄地落在林外的

流星而已

古代行脚僧人

——闭目远去

当我们怀归的时候

我们是鱼

夜在盲人眼里

莲华开遍大千世界

一九三四

选自《文学季刊》1935 年第 2 卷第 4 期

四行

朱湘

斑鸠，掩了口儿，在啼在哭；

　　竹签上有钱纸飘飘；

一树冬青，只见叶儿低覆，

　　那树椿是长在阴曹。

选自《静界》1933 年第 4 卷第 5 期

圆兜儿①

朱湘

一

像皮球有猫用爪子盘弄，
一时贴伏着，一时跳上了头；
唯有爱情，在全世界的当中，
　　像皮球。

盘弄它好比盘弄老鼠啾啾。
除开游戏的，爱情还有一种——
狂暴，自私，它要兼吞下灵肉。

矛盾的是长着圆脸像儿童，
又长胡须。唯有爱情，用温柔
与滑腻遮盖起内心的空洞，
　　像皮球。

三、赠张竞生

不必作英雄，去向风磨摇戈！

————————————

① 共十四首短诗，本卷选了三首。

虫海，虫山，这世间要有多少？
自古来的理想都埋进了方窠……
闷了肚及，只有尸虫在暗笑！

每个人都主宰有他的海岛；
不必作英雄，作事的去骚扰。
离开了你的手。美变成丑恶。
　　你挨了风磨
想栽起幸福来点缀着方窠——
哪知道长成的是断肠药草！

英雄与虫蚁都长睡在方窠……
今天又有你来向风磨摇戈！

七、旧信

是一片钥匙打开了"往年"
那箱匣；有白的情，黄的诗，
翡翠的希望与水晶的痴，
光彩依然的又摊在目前。

颐和园的长廊闪映大池；
　　有一片钥匙
敲得开那廊尽头的宫殿。

那夔门教那倾泻下高险，

狭隘的江水松弛了奔势，

安详的好去寻海洋，灌田——

　　像一片钥匙。

选自朱湘著《石门集》，商务印书馆，1934 年版

十四行·英体

朱湘

二

或者要淤泥才开得出花；

或者要粪土才种得成菜；

或者孔雀，车轮蝶与斑马

离不了瘴疠瀜然的热带；

或者泰山必得包藏凶恶；

或者并非纯洁的，那瀑布；

或者那变化万千的日落

便没有，如其并没有尘土；

或者没有兽欲便没有人；

或者，由原始人所住的洞，

如其没有痛苦，饥饿寒冷，

便没有文化针刺入天空……

或者，世上如其没有折磨，

诗人便唱不出他的新歌。

三

啊，灵魂，我们是一对孩子——
我少不了你，你也要居所——
在人生的书里我们认字；
一同游戏；一同啼哭快活。
春天来了。我们齐声的说：
上路去吧！路边有木槿花，
高过我们的头；草里藏躲
有金铃儿，颤鸣着小喇叭。
在沙滩里我们一起玩沙，
晒太阳；听湖水舐岸作声；
看云行在天上，水鸟在下；
湖风吹着；只有我们二人！
等到晚钟响了，鸟儿在巢，
我们也一起回家来，睡觉。

选自朱湘著《石门集》，商务印书馆，1934 年版

十四行·意体

朱湘

三五

一间房，不嫌它小，只要好安居；

四时有洁净的衣服；被褥要暖；

下雨的日子，一双套鞋，一把伞；

一顿饱餐，带水果，菜不要盐须；

旧书铺里买的，由诗歌到戏剧——

文学以外的书籍，兴到时也看；

最重要了，写诗作文的笔一管：

它是我的生活，也是我的欢娱。

不受欢迎的是疾病，炎热，骚扰。

攘夺受我的诅咒！零星这几件，

辛苦中得来的，自己还要理会。

旁的我并不企求，也没有需要，

除了中等的烟卷，够抽一整天……

常时的在夜里；七月，冰膏一杯。

选自朱湘著《石门集》，商务印书馆，1934 年版

毕业歌

田汉

同学们，大家起来，

担负起天下的兴亡！

听吧！

满耳是大众的嗟伤，

看吧！

一年年国土的沦丧！

我们是要选择"战"还是"降"？

我们要做主人去拼死在疆场，

我们不愿做奴隶而青云直上！

我们今天是桃李芬芳，

明天是社会的栋梁；

我们今天是弦歌在一堂，

明天要掀起民族自救的巨浪！

巨浪，巨浪，

不断的增长！

同学们！同学们！

快拿出力量，担负起天下的兴亡！

为 1934 年电通影片公司摄制影片《桃李劫》主题歌歌词。

选自《聂耳歌曲选集》，音乐出版社，1960 年版

太湖

孙洵侯

太湖连天的波涛没有刻安停，

微风时的忧恨，飓风时的磅礴；

几千年来的耻辱，郁悒与悲苦，

压住你的心底，没有时能消泯。

今儿一刮起西风，活该你得劲，

张开万对的晶蹄向山岩上扑，

你有一首沉郁疯狂的，从太古

就唱起的战歌，你愤怒的魂灵。

忍耐是你的过去，如今你磨炼

又磨炼，等那一天山岩崩成地，

白浪卷上天，舒口气，收你的剑！

选自《学文月刊》1934 年第 1 卷第 1 期

送我的 R 远行

艾青

除开无端绪的烦恼，

一切在走着的东西

都有它一定的方向——

细雨沿着蜗牛的腿，

拉长了灰的人行道；

眼从远处的电柱上，

撩起了低沉的音节；

梧桐树，在高墙边旁，

晨雾从它腰际，卸去

轻薄的，绉纱的短裤；

濡湿的梦，和着倦意

厌垂了驴子的耳朵。

隔离着出来的日子，

年月，在这里已带走

我三页虚白的稿纸；

紧掩的，是无主的窗，

稔熟的，遂变成怕生；

空阔的长街，怅望着，

朝向北边的地平线，

列车高喊的驰去了……

忽然，这蜗牛的触角，

像一支磁针般指着

另一个声音的出现：

噫，那在旅程中的你！

选自《当代文学》1934 年第 1 卷第 1 期

道旁

卞之琳

家驮在身上像一只蜗牛，

弓了背，弓了手杖，弓了腿，

倦行人挨近来问树下人

（闲看流水里流云的）：

"请教北安村打哪儿走？"

骄傲于被问路于自己，

异乡人懂得水里的微笑，

又后悔不曾开倦行人的话匣

像家里的小弟弟检查

远方归来的哥哥的行箧。

选自《水星》1934 年第 1 卷第 2 期

歌女

甘永柏

月光照耀着悲哀的点滴，

　　像鹅颈的羽毛串着泪珠；

噤蝉似的铜锣倦卧了，

　　怀着鬼胎的是兀呆的小鼓。

山松老成地移开穴的傻影，

　　老父的发辫指着竹节般的前途；

暴徒的老鸦耄然地喝破旧梦了，

　　冰轮的古月却在她面上重敷。

选自《诗歌月报》1934 年第 1 卷第 2 期

欲春之夜

石雨

北斗明净的冷清中

独自的长桥上

星子的神秘与两面的湖水

拍着夜深同去

随手指着北极星

隐约的有灯一闪灭了

转入了林中的梆子

打出湖上的风声水声来

选自《文学季刊（北平）》1934 年第 1 卷第 2 期

早耕

石雨

原上的白云飞过

田上有人牵牛来

路上的人问着路

闲谈起收成的话

远处的火车如一条蛇

爬过未青的坡上

红色的旗子轻轻举过了

问路的人又指那路间

选自《文学季刊（北平）》1934 年第 1 卷第 2 期

春城

卞之琳

北京城：垃圾堆上放风筝，
描一只花蝴蝶，描一只鹞鹰
在马德里蔚蓝的天心，
天如海，可惜也望不见你哪
京都！——

倒霉！又洗了一个灰土澡，
汽车，你游在浅水里，真是的，
还给我开什么玩笑？

对不住，这实在没有什么；
那才是胡闹（可恨，可恨）：
黄毛风搅弄大香炉，
一炉千年的陈灰
飞，飞，飞，飞，飞，
飞出了马，飞出了狼，飞出了虎，
满街跑，满街滚，满街号，
扑到你的窗口，喷你一口，
扑到你的五角，打落一角，
一角琉璃瓦吧？——

"好家伙！真吓坏了我，倒不是
一枚炸弹——哈哈哈哈哈！"
"真舒服，春梦做得够香了不是？
拉不到人就在车蹬上歇午觉，
幸亏瓦片儿倒还有眼睛。"
"鸟矢儿也有眼睛——哈哈哈哈！"

哈哈哈哈，有什么好笑，
歇斯底里，懂不懂，歇斯底里！
悲哉，悲哉！
真悲哉，小孩子也学老头子，
别看他人小，垃圾堆上放风筝，
他也会"想起了当年事……"
悲哉，听满城的古木
徒然的大呼，
呼啊，呼啊，呼啊，
归去也，归去也，
故都故都奈若何！……

我是一只断线的风筝，
碰到了怎能不依恋柳梢头，
你是我的家，我的坟，
要看你飞花，飞满城，
让我的形容一天天消瘦。

那才是胡闹，对不住；且看

北京：垃圾堆上放风筝。

昨儿天气才真是糟呢，

老方到春来就怨天，昨儿更骂天

黄黄的压在头顶上像大坟，

老崔说看来势真有点不祥，你看

漫天的土吧，说不定一夜睡了

就从此不见天日，要待多少年后

后世人的发掘吧，可是

今儿天气才真是好呢，

看街上花树也坐了独轮车游春，

春完了又可以红纱灯下看牡丹。

（他们这时候正看樱花吧?）

天上是鸽铃声——

蓝天白鸽，渺无飞机，

飞机看景致，我告诉你，

决不忍向琉璃瓦上下蛋也……

北京城：垃圾堆上放风筝。

一九三四年

选自《文学季刊》1934 年第 1 卷第 3 期

古宅的造访

艾青

静听这

从墙角传来的

角笛的悠长的声音……

在你那里

有个中世纪的巴黎

——远离了喧嚣

蛰伏在圣经里的巴黎。

当我这随着流动的时间

在不断的变形的少年

从遥远的旅舍

经了长长的散步

来到你的居家里时

真像那久久倦游的旅客

走进了一座异地的教堂

——在终日聒叫的城市当中

也得到片刻可贵的安息。

我走上暗暗的楼梯

你引我悄悄的进去

在宽大的无光的房里

回流着古木的气息；

我用感伤的凝视看着：

路易士朝式的家具

波斯纹彩的瓷器

和黑色雕花的书架上的

拉辛，莫利哀，雨果的全集。

当那静静的风

拂动了静静的白的窗帷，

你开始以微温的呼吸

嘘动你大波形的

单薄的胸间衣皱；

停滞在思索里的

幽默的蓝眼

在揣想我幽默的心怀；

你金黄的鬈鬈长发

在我的眼前

展开了一个

幻想的多波涛的海……

沉浸在淡紫的宇宙里，

你安详的摆动着你

丰满的圆润的胸脯

——那使我遥遥的想起

拉飞尔的

充满妩媚的日子……

我以迟缓的眼波

聆听你微颤的金声

给我传述：

神和人的故事

太阳的故事

哀罗丝的故事

和缪塞的诗篇里的

一滴眼泪变成

珍珠的故事……

让我无言的

和你对坐着

在古旧的遗梦里

做一个圣洁的

爱的悠长的漫游吧；

但是，你听呀

那古旧的木制的挂钟

它已露出学究的庄严，

诙谐的

用急促的鸡鸣的音调，

既欢迎我默默的到来

却又催我默默的归去……

选自《诗歌月报》1934 年第 1 卷第 3 期

车水

沈圣时

黄昏　静　月光

晚风　吻着烤死的稻尖

几条肉腿跳动跳动

映画在茅棚的灯影里

咿呀咿呀咿呀……辘辘辘

幽灵般的呜咽向黑夜陨落

磷火　远远的浮沉浮沉

狗吠　村后　隐隐地漏出

河岸　寂寂　鬼魅在溜行

月光落了　车水人的叹息

——洋米　兵灾　旱

——永远黑夜的年势呵

选自《诗歌月报》1934 年第 1 卷第 5 期

街头女

宗白华

我每不忍夜深归来，

只为是怕看见那街头的幢幢黑影。

黑影里蕴藏着无限的命运！

黑影里蕴藏着无限的悲哀！

今夜她们月影满身，

我从墙阴里

看见她们灰白的面色了！

秋风起

她们满身战栗，如同秋叶

秋叶飞去了，

她们还立在秋风里战栗！

啊，黑影里的命运，

黑影里的悲哀，

我冷月的心，也和着你们在战栗了！

选自《诗歌月报》1934 年第 2 卷第 1 期

乡村底午后

叶平林①

怪寂穆的呢，

牛棚边不见雄鸡引吭了。

两个老农在田间闲谈着，

他们说起今年收成的话。

"今年不比往年哇！"

---

①该诗发表时署名平林杏子。

掀着须似有无穷的感慨呢。

"看看一年不如一年了！"
旱烟头溜着一星火，
接着口里喷出一圈，两圈烟。

"哎，联保主任像阎罗，
这样的日脚多难混啦！"

驼着背一个拐下了田塍；
一个抽着旱烟望着天。

日头偏西，
他们各荷锄归去；
嘴上再不挂着往年那么好听的山歌了。

　　　　　选自《新诗歌》1934 年第 2 卷第 2 期

我在守望着

力扬

我在守望着
倚着
这沉重的围墙
这窒息的铁窗

我在守望着

每一瞬的岁月

每一片的空间

从朝露的晶莹

到晚露的璀璨

与明月的孤高

我在守望着

从春花的繁荣

到夏木的荫翳

与秋夜的飘零

我在守望着

我在守望着

红裳的

跳荡的欢欣

在夕阳里

我在守望着

黑轮的骚动的音韵

在晨曦里

纵然

霜雪会盖住青山

白日也沉入黑夜

燕子北来又南去

野草春荣复冬枯

黑暗毒蛇似的跟

时间蜗牛似的爬

我总得

以跃跃的心

摆过寸寸的前程

以燃炽的眼

亮着坚贞的希冀

守望着

一个

光明的

自由的

白热的

未来

我在守望着

………

　　　选自《新诗歌》第 2 卷第 2 期

旅路上

易椿年

与你相贴而走，作旅途之伴侣。

从路边把那时限之山穿过，

你坚决的抛弃了你的重荷时，

伸出一只助我攀缘之手。

而我欣然发现旅程不是若此之辽长——

铺排着怎般的奇迹我不能说——

美妙的歌声荡漾乎空中，

似是宇宙欣忭的赐与。

我不能表诸语言，或你能否看见，

从你的浅笑带给我的幸福。

呵，宇宙将为我而化幻一宠物，

因为你是我的伴行者在一个时辰。

选自《矛盾月刊》1934 年第 3 卷第 1 期

车站旁客栈

杨世骥

三弦子的得意的笑声，

琴师的袖子已卷上了，

嘹亮的那不值钱的珠喉，

身世之感是难上口的字眼。

五六年逆旅的岁月惯了，

曩昔的乐趣在水烟袋的响声里，

一个烟蒂子吐了，又加上一个，

谁复惹那承欢膝下的回忆。

摇红的烛影，

倾听表声的滴沥，

均匀地，如蚕子食着桑叶，

年轻人到了结茧的时候了。

一个男子欲吃掉一个女子，

女子也珍重这漫漫的夜，

来朝喝了口御寒的酒，

红缎的被心又将惆怅于火车的喧闹里了。

选自《现代》1934 年第 4 卷第 3 期

采桑女

厂民

一阵萧瑟的春雨卷过，

故园的陌上已挂满绿的桑枝了吧？

故园陌上的绿桑枝，我是怀念的；

绿桑枝下的采桑女

是我更拳拳不忘的呵！

把嫩绿的桑芽，
当作爱情的食粮吃下吧！

我喜欢那蚁蚕样乌黑的头发，
透明的软腰，和吃叶时的，
像黄梅雨般明快的歌。

吐不尽的长丝
结成的纯洁坚固的果，
正是我们爱情的象征哪！

选自《现代》1934 年第 5 卷第 3 期

帽子

吴奔星

旧了的帽子戴在头上，
新来的尘土吻着
那粘的帽檐，
里面藏着我的过去的希望。

它的边沿，
像犬牙般破了，
裂缝中，似乎有一线

青春的残光缭绕。

尘土——裂缝——

互相融化着；

中间有一曲无声的

痛楚的歌！

选自《现代》1934 年第 5 卷第 4 期

灵迹

章铁昭

夜半常在窗子下，

现出你的神采

好似出生的月魄，

在波面上徘徊。

一首古代的诗歌，

有光荣，有屠杀，

有志士们的雄心，

照耀我的肝胆。

二十三年六月十三日

选自《诗帆》1934 年第 1 期

怀通眉诗人李贺

滕刚

用金刚石一样的天真，
登尖塔似的，一生在
狂魔的梦中探险。

你坚定地执着
满握在掌的信念，
如罂粟播进了青田。

但才华自你的眉间飞去
幻成一对比翼的灵雀冲天……
云海中，落下你金光璀璨的投影。

哀哉！留下这灵魂的遗蜕，
委蛇于残害的岁月
随着永恒的日晷轮转。

选自《诗帆》1934 年第 3 期

城上

吕亮耕

为爱斜阳薄暮，
每登临荒凉的城垛。
望平畴嫩绿拥着晚风低垂；
村落的寒炊绕乌鸦的尾飞。
城上深草里出没着牛羊，
是村中的牧人出来晚放。
寂寞空山里回响着捣衣的杵音，
融接着春晴远处斑鸠的歌声。
想城外绕城溪水的石块上，
有贫贱的村女浣洗着衣裳。
想昔日城垛上，
曾有庄严的武士凭戈守望！
听天风摇鸣铁马，
悠悠画角饶转着空城。
今日照红我的脸的夕阳，
想昔日也曾照红他们的脸孔，
古昔的武士已长眠黄土之下，
今日的城池依旧有夕阳来照！
徘徊在荒圮的城楼之我，
废然沉吟，茫然四顾：
但见几行归鸟，

翩然飞向红霞深处!

烟尾

汪铭竹

叶掷道侧，闲静的自欢

吐出之灰白吁叹，随风倾斜。

反正当年之生命，

会辛辣地燃过她底红唇。

可瞑目无声息而熟睡了，

于此暮秋天底霜夜。

屈指领悟至足夸大了，

而今是渊明悠然见南山之况味。

选自《诗帆》1934 年第 4 期

吃月饼有感

徐訏

第一次大概是一点多，
第二次总是三点敲过，
刮风也好，下雪也好，
但他终不会有什么大错。

起初我看着表计算他到来，
后来我想对准表要靠他的来，
在寂寞的深夜，他是唯一的好友，
所以没有饿，我也夜夜期待。

"您不抽大烟，也不是打牌，
您又没有七岁八岁的小孩，
先生，您一个儿到底在干么?
天天这样晚来买我饽饽。"

这样的以后我们就夜夜闲谈，
谈起劲儿时也对喝过几次白干。
可是自从有一天我等他到五更还不来
此后就不知道是否他还存在。

这样，我就渡了一年夜的寂寞，

也打听过这位老头儿到底在哪里摸索。

虽然我后来得到了他的死讯，

可是我终不知道他死于什么病。

如今，我也早离开古庙前的槐树，

谁还能告诉我这老头坟墓的在处？

在这雨萧萧的秋夜我吃不下月饼，

因为，这里面是带着有

"硬米饽饽"的叫卖叫音。

选自《人间世》1934 年第 13 期

1935^年

灯塔守者

王亚平

白鸥在夜幕里睡熟了，
太平洋上没有一丝帆影。

乌云夺去了星月的光辉，
天空矗立着孤独的灯塔。

远处送来惊人的风啸，
四围喧腾着愤怒的涛声。

在这曙色欲来的前夜，
我把生命献给了光明。

          一九三五，一，五，栈桥。

          选自王亚平著《都市的冬》，国际书店，1935 年 5 月版

北京①

沈从文

天空中十万个翅膀接天飞，

---

①该诗发表时署名沈甲辰。

庄严的长征不问晴和雨。

每一个黑点皆应跌落到

城外青雾微茫田野里去,

到黄昏又带一片夕阳回。

(这乌鸦,宫庭柏树是它们的家。)

一列肮脏骆驼

负了煤块也负了忧愁,

含泪向长街尽处凝眸。

街头巷口有十万辆洋车,

十万户人口在圆轮转动下生和死。

一声驴鸣,一个疑问:

谁搬来石块同砖头,

砌成这个大大的方城?

谁把地上泥土掏去堆个山

给末世皇帝来上吊,

剩下这一片空处成个湖,

让荷花菱芡在湖里长,

湖中心还搭了那么座长桥,

桥上人马日夜来回走?

谁派王回回作羊屠户,

居庸关每年跑进五十万肥羊,

给市民添一分暖和,添一分腥?

……

(莫追询,历史上的事谁也说不准!)

选自《水星》第 1 卷第 4 期（1935 年 1 月 10 日）

月夜前进

阮夫

踏过的青草染着鲜红，
脚尖隐隐地疼痛，
银色的月光撒满大地
形影不离地把我们长送。

眼睛望着扑面的凉风，
细心地留意每块树叶摇动，
恐怕小小枝头也有敌贼隐藏
偷偷地把我们围攻。

朝着佝偻的岩门前冲，
死活相差没有半缝，
跑得口干发热全身累
咬点儿草汁润喉咙。

灾祸租税扇起我们向光明流动，
破衣裹不着我们的骨肉魁雄，
趁着今夜的露浓凉爽
午夜前三刻就要爬过庾岭底山峰。

选自《诗歌》1935 年第 1 卷第 4 期

旧元夜遐思

卞之琳

灯前的窗玻璃是一面镜子，
莫掀帏望远吧，如不想自鉴
可是远窗是更深的镜子：
一星灯火里看是谁的愁眼？

"我不能陪你听我的鼾声。"
是利刃，可是劈不开水涡：
人在你梦里，你在人梦里。
独醒者放下屠刀来为你们祝福。

一九三五年二月四日

选自《新诗》（1937 年 1 月 10 日）

露水船

沈启无

我喜欢我有一只小小的船，
我辛苦的叫他做露水船，
于是我便去飘海，
我爱一个风雨数归舟。

海水又正好有他自己的涛呢，

爱海的人总是这么说。

我打一把伞当着我的帆，

我将随海水流入无何有之乡罢，

嫦娥道：

"我看海上是没有风雨的"，

我催嫦娥画一个虹。

　　　　　选自《文饭小品》创刊号（1935 年 2 月 5 日）

河

孙毓棠

两岸无边的荒沙夹住一条河，

向西方滚滚滚滚着昏黄的波浪；

从茫茫的灰雾里带着呜咽哭了来，

又吞着呜咽向茫茫的灰雾里哭了去。

载着大沙船，小沙船，舢板，溜艇，叶儿梭，

几千株帆樯几万只桨；荒原的风

似无形又似有形，吹动白的帆，黑的帆，

破烂的帆篷颤抖着块块破篷布。

曲折弯转像吊送长河无穷止的哽噎，

一片乱麻样的呼嚣喧嚷，杂着船夫一声声

叠二连三的吆喝："我们到古陵去！我们到古陵去！"

古陵是什么地方？

没有人知道；没有人知道古陵

是山，是水，是乡城，是一个古老的国度，

是荒墟，还是个不知名的神秘的世界。

只知道古陵远远的远远的隔着西天

重重烟雾。只听见船夫们放开喉咙

一声声呼喊："我们到古陵去，到古陵去！"

大大小小多少片帆篷鼓住肚子吸满了风，

小船喘吁吁嗅着大船的尾巴跑，

这一串橹头像枯林斜拖几千里路。

舱里舱外堆着这多人，这多人，

看不出快乐，悲哀，也不露任何颜色，

只船头船尾挤作一团团斑点的，

乌黑的沉重。倚着箱笼，包裹，杂堆着

雨伞，钉耙，笤帚，铁壶压着破砂锅；

女人们蓬了发，狠狠的骂着孩儿的哭；

白发的弯了虾腰呆望着焦黄的浪；

青年躬了身，咸汗一滴滴点着长篙，

紫铜的膀臂推动千斤的桨，勒住

帆头绳索上一股股钢丝样的力量。

这一串望不断像潮退的鱼群，

又像赶着季候要南旋的雁队，

一片片风剪着刀帆，帆剪着风，

"我们到古陵！到古陵去！"

　　谁知道

古陵在茫茫的灰雾后有多么遥远，

苍天把这条河划成一条多长的路？

这不管，只要有寒风匆匆牵了帆篷向前飞，

昏黄的河浪直向了西天滚，"到古陵去！

我们到古陵去！"小船载了粮食，酒，

大船载了牲畜——肥胖的耕牛和老马，

白发的山羊勾着乌角；满船的呼号

是一笼笼鸡、鸭、野雁和黑棕的猪；

锁在船头上多少只狂罟的癫皮狗，

罟骂桅杆上嚼着牙的跳荡的猢狲。

"到古陵去……古陵去！"满蒙着

尘土的沙船载了双刃的戈矛，青铜的剑，

皮弓，硬弩，和黑魆魆的钢刀堆成了山；

几十船乌铁的头盔，连环锁子甲，

牛皮的长盾点缀着五彩的斑斓。

　　　"到古陵去！"

谁知道古陵在什么所在？

谁知道古陵是山，是水，

是乡城，是一个古老的国度，

是荒墟，还是个不知名的神秘的世界？

这不管，只要寒风紧牵了帆篷，长河的

波涛指点着路——反正生命总是得飞，飞，

不管前程是雾，是风暴，古陵！有多么

远，多么遥，苍天总会给你个结束。

"到古陵去！"啊，古陵！船夫一声声呼喊，

摇动几千株帆樯几万只桨，荒原的风

似无形又似有形，吹动如天如夜的帆：

多少片帆篷吸满了力量，鼓着希望，

载了人，马，牲畜，醇酒和刀矛，追随着

长河波涛无穷止的哽噎，"我们到

古陵去！我们到古陵去，到古陵去！"

选自《水星》第 1 卷第 5 期（1935 年 2 月 10 日）

夜与昼之交

梁宗岱

　　我微微惊骇地偷睨着一个黑衣女人轻步蹑过我底床沿。她在床底尽头站住了。忽然，通体透明起来，把累累的珍珠洒在我底脚上——化作一团灿白的鸽儿。

我突然惊醒了。

窗外，晨光泻着……

选自《水星》第 1 卷第 5 期（1935 年 2 月 10 日）

战栗的帝都

溅波

战栗的帝都，

恐怖的日子，

灯光在夜幕上发慌，
民心在白日天突跳：

车也没有，
冷落的行人，
昨夜刮了阵劲烈的北风，
雪花凄凄地下坠：

老臣和平的心思从此杀断了，
三千少壮踏进，
他们要踏倒铁壁的大众？
轻视神圣的玉旨：

帝都在烟雾中战栗
日子闯入了最后的历史，
冷风嘲笑着赶来解危，
雪花了忙来为这些大臣吊孝？

　　一九三五，三，五东京涩谷
　　选自《文学丛报》1936 年第 3 期

唱

温流

曾经飞到流着火的田野里，
曾经飞到没有笑声的村子里，

也问过刚由海那边飞来的雁子；

那儿会有叫野草开花的春天呢？

叫渴的土地开杜鹃花吗？

人走了，甘薯田会长叶子吗？

在冰和雪封着的宫里，

百灵会唱欢迎阳光的曲吗？

晓得翅膀不是钢柱子，

晓得歌喉不是银笛子；

但寒冷切得断一串串的歌吗？

一滴血就是排天桥的一只喜鹊；

一串歌跟着一滴血，

春天就在天桥那边哩。

1935 年 4 月 15 日

选自温流著《我们的堡》，诗歌出版社，1936 年版

箜篌引①

何其芳

古今注：《箜篌引》者，朝鲜津卒霍里子高妻丽玉所作也。子

①该诗收入《刻意集》初版时改题为《风沙日（二）》，文字有较大改动。

高晨起刺船，有一白首狂夫，被发提壶，乱流而渡，其妻随而止
之，不及，遂堕河而死。于是援箜篌而歌曰："公无渡河，公竟渡
河。堕河而死，当奈公何。"声甚凄怆。曲终亦投河而死。子高
还，以语丽玉，丽玉伤之，引箜篌而写其声。

正午：河里船都挂起白帆时
我放下窗上的芦苇帘子。
Le soleil déteste la pensee。

放下窗上的芦苇帘子
我就在荒岛的岩洞间了。
但我到底是被逐人海的米兰公
还是他的孤女，美鸢达？
美鸢达！我叫不应自己的名字。
暴风从远处卷来像怒涛
突然卷去了一天的晴朗，
难道是我自己的魔法？
难道满空飞着叫着的蝗虫
是我葫芦里散出的黄沙？

我倒想着十月伦敦的黄雾呢。
太太，你厌倦了阳光和花吗？
你厌倦了阳光和树叶吗？
让我把车开得和船一样
驶行在雾的街道中像河上。
Maidens call it love—in—idleness

不要滴那花汁在我眼皮上，

醒来我第一眼看见的也许是

一头熊，一匹狼，一只猴子……

……干吗床头的草你老瘦瘦的？

问着问着一翻身和盆和盘

打下地了。打碎了梦了。

我正梦着一位小说里的女人呢。

（娜斯塔西亚，你幸福吗？

裂帛声撕扇子声能使你笑吗？）

我正梦着我是一个白首狂夫

被发提壶，奔向白浪呢。

卷起帘子来：看到底是黑夜了

还是一半天黄沙埋了这座巴比伦。

　　　　选自《水星》第 2 卷第 3 期（1935 年 6 月 10 日）

生涯

卢荻

像被蛛网盘结的生涯

又一年来复

反身于时光的琉璃前

辨不出自己依稀的影

但念时代的远行者

如骆驼队奔驰

却有中途逗留的旅客

独自料理惆怅的心情

看将落的黄昏缠住黑影

在光与暗间幻灭

一九三五，夏六月中

选自《红豆月刊》1935 年第 3 卷第 2 期

尺八

卞之琳

像候鸟衔来异方的种子，

三桅船载来了一支尺八。

从夕阳里，从海西头，

长安丸载来的海西客。

夜半听楼下醉汉的尺八，

想一个孤馆寄居的番客

听了雁声，动了乡愁，

得了慰藉于邻家的尺八。

次朝在长安市的繁华里

独访取一支凄凉的竹管……

（为什么霓虹灯的万花间，

还飘着一缕凄凉的古香？）

归去也，归去也，归去也——
像候鸟衔来了异方的种子，
三桅船载来一支尺八，
尺八乃成了三岛的花草。
（为什么霓虹灯的万花间，
还飘着一缕凄凉的古香？）
归去也，归去也，归去也——
海西人想带回失去的悲哀吗？

一九三五年六月十九

选自《新诗》1936 年第 1 期

古塘桥

唐弢

看青苔长上了桥梁，
石狮默默地对着太阳；
驮过沉重的，急促的脚步，
古塘桥接着走不完的路。

桥栏边挂着路人的休息，
卖瓜，卖酒，还有卖大饼的，
苍蝇飞绕着他的头顶，
他喊："阿要吃新鲜的大饼！"

偶尔有只船从桥下航过，

搅起河底腐臭，拧着鼻子唾；

鲗鱼像穿梭似的游到水面，

争逐着船夫头上滴下的汗点。

不管是什么重担都肩上了，

青石阶垫高了古塘桥；

想也有别有聚，有悲哀，有欢愉，

这边人渡过那边去。

选自《创作》第1卷第2期（1935年8月15日）

断章

卞之琳

你站在桥上看风景，

看风景的人在楼上看你。

明月装饰了你的窗子，

你装饰了别人的梦。

1935年10月

写字员

宋寒衣

让轻烟水上缭绕，
我那难以永逝的
致命埋头的工作。
谁说笔尖可以开出幸福的大花？
我的笔尖只勾就病菌的结核。

让时日懒懒的漫过斜阳，
我忘不了终年被吞在没有阳光的暗室，
谁说没有心肠去端详颜容的消瘦，
呵！观旁人就想起了自己，
悲哀涌上了心头。

太阳起身，我也起身，
那没有停息的抄写，
把自己命运圈定。
许多放屁的文章浪费我宝贵的青春，
为了生活，也只好忍气吞声！

归鸦噪起了一天晚寒，
几缕的希望不断在眼前打转；
记起长年为人作着牛马，

我想，有一天，我会

抄写篇祭文为你们殡葬！

　　　　廿四年十月于安徽

　　　　选自《每月诗歌》1936 年第 2～3 期

失去了的诗情

绛燕

我爱在静夜趁着轻梦，

像一缕青烟溜进天空；

拨开白云，一层又一层，

明月照耀着我的路程，

跨过虹桥，再渡过银河，

水波溅出一串串柔歌；

摘下一万颗星辰灿烂，

装进彩霞做成的花篮。

我又展开幻想的翅膀，

飞上壁立万仞的山岗；

老鹰在古松顶上盘旋，

山鬼披带着薜萝出现；

雪练的瀑布泻下高峰，

是谁敲响仙宫的洪钟？

让天风吹破我的绡衣，

看山顶升起一线晨曦。

我对渺邈的远空凝望，
在沉沉的碧海上徜徉；
璀璨的浪花眼底涌现，
滔滔地洗濯我的足尖；
缀起鲛人一颗颗泪珠，
穿成了项链挂在胸脯；
沙滩上悄悄没有人走，
听黑夜里鱼龙的怒吼。

我的心随着蝴蝶蹁跹，
憩在嫣红花瓣的边沿；
氤氲的香雾结成帐幔，
蓓蕾是最温柔的床毯；
绿叶上摇着黎明的光，
露珠散出清晨的芬芳；
将游丝穿起缤纷落瓣，
做成一项五彩的花冠。

从前常在梦幻中流连，
轻痕印上过云锦诗笺；
现在不再有幻想和梦，
即使对着绚烂的彩虹；
一片面包压住了灵魂，
再也吐不出一丝声音；

这已经失去了的诗情，

遍人间天上何处追寻？

一九三五，十一，廿四。

选自《文艺月刊》1936 年第 8 卷第 2 期

眢思

李夹人

隔岸的芦笛，

在为谁呜咽？

昔年的柳荫，

有过梦之喃语。

一片浮藻的轻愁，

亦如恋思的绵缠？

即或老了池边的期待，

枫叶仍有连续的喟叹。

为担心践碎一个记忆，

梦的步子更迟滞了。

而秋末的云天，

怎有若艳阳的温煦呢？

一九三五年在上海

选自《中国学生（上海 1935）》1936 年第 2 卷第 17 期

月光

王独清

Pes Amica Silentia Lunae——Vergilius

月儿，你像向着海面展笑，
在海面上画出了银色的装饰一条。
这装饰画得就真是奇巧，
简直是造下了，造下了一条长桥。

风是这样的轻轻，轻轻，
把海面吻起了颤抖的叹息。
月儿，你底长桥便像是有了弹性，
忽高忽低只在闪个不停。

哦，月儿，我愿踏在你这条桥上，
就让海底叹息把我围在中央，
我好一步一步地踏着光明前往，
好走向，走向那辽远的，人不知道的地方……

选自王独清著《王独清诗歌代表作》，亚东图书馆，1935 年版

栗色的马

田间

也流了眼泪的，

也躺在流了血的主人的身边的，

这再不能嘶叫的大戈壁的栗色的马呵！

疲困，伤痛囚住了跳跃的脚蹄，

疲困地吐出那鱼肚色的痰涎，

微弱的眼光，一线地凝视着尸骨的郊野。

沉默的褪了色的红马革，

沉默的骑士踏脚的铁镫，

沉默吻着深夜凄苦的月色。

九月的晚风一如野鬼的呼号，

那围绕着鬃毛的颈项上的铜铃，

从寂寞的悲哀里也作挣扎的呻吟。

选自田间著《未明集》，群众杂志公司，1935 年版

静静的扬子江
　　——《中国农村的故事》长诗中插曲之一
田间

扬子江，

我们的生命，

躺在静静底扬子江上。

红色的水，

流着。

红色的水，

每夜，

每夜，

在淌！

淌啊！

淌过，

那白茫茫的田野；

淌啊！

淌过我们的家乡。

扬子江，

几万个死脸，

在黑色的扬子江上张望！

选自田间著《未明集》，群众杂志公司，1935 年版

海

朱英诞

海是常有风浪孤舟的吗
巨涛是为了什么呢
珊瑚岛上有真珠
深深的

多年的水银黯了
自叹不是鲛人
海水于我如镜子
没有了主人

选自朱英诞著《无题之秋》，开明书店，1935 年版

马来亚之忆

陈残云

北国带来的大风，
刺破温情的母亲之泪眼；

马来亚的热带呢，

系住年轻者的创痛之心！

忘怀了祖国吗？

椰子荫下的长眠者；

秀丽的河山变了色；

昔年的庭院的霭气也消了呢。

一个黑族的姑娘，

轻轻的在坟前偷过

你曾记起往日的恋人，

夏绿蒂般的影子？

也许马来亚的温暖，

尽能融化你幽魂的落寞！

然而北国的大风，

却不能刷干慈母之泪?！

选自《当代诗刊》1935 年第 1 卷第 3 ~ 4 期

凋落

南星

我在这第二个地方安居了，

载着最初的记忆之年月

已被遗弃在远处。

这儿的树干披着皱褶之衣，

对着朝开暮谢的花朵

蛛网在其间有许多次的更替，

强健的风也无语了：

它们给我以同样的惊讶，

因为这景象应是别人的，

是那些不欲视听的人的。

我守候着，带着固执的意念。

我又认识了乌鸦的翅

与它们负着的失去蓝色的天空。

当我不耐烦地开口而歌时，

那歌声中的低哑压住了

蕴藏在我喉间的余音。

我开始近我的自觉，

有时候我沉思着，

而且伸手去抚摸

可疑的模糊的眼睛。

现在我是镇静下来了，

每一天抚慰我的怀思早睡。

这地方正合于我的选择，

它避开那些有翅的人语，

我将抛掉覆身的被，

它御不住袭来的寒冷。

让迟于发芽的速于凋谢吧。

冬天的阳光是远在异地的，

它未来临时这终结已经过去。

选自《文艺月报》1935 年第 1 卷第 4 期

灵之独语

于赓虞

影子常怨恶他的瘦削，

像蚊虫的腿缺乏血肉，

像一条病蛇不能疾走，

都因我为他铸下大错。

又怨我终天不离尘埃，

不到名水深山里游息，

找点世外飘洒的风趣，

只受凡间劳役的伤害。

吁嗟乎，影子，你知摩西

与巨魔的奋战，那结果，

摩西闯下怎样的大祸，

人间还不是十分的静寂？

古来一切反抗的天使，
都只落得满头的血水，
在荒草之下抱恨而睡，
罪恶还不是凭着巨翅？

我原想同你一致妥协，
以劳力为你兑换养品，
理想似弃妇早已被摈，
谁知终于逃不了浩劫？

你看谁的眼不冒毒火？
谁的心像是圣女安详？
似草花生在高的危墙，
你休想安逸，休想逃脱！

我曾在喜马拉牙之巅，
取一把热的明的太阳，
也曾恳求吝啬的月亮，
将我生霉的心弦点染。

又曾徘徊罗马的乡郊，
捡取一片发光的玉岩，
朗诵诗人高贵的遗篇，
想找一座登天的高桥。

谁知天空只半明半暗，

玉岩及诗篇充满毒药，
同凡尘一切都不调和，
心中更感到猛的奇寒。

斯后，我就已销声匿迹，
将希望当作毒的娼妓，
将理想看作魔鬼叛逆，
只在污秽的角落里栖息。

像是牛天天卖着劳力，
出着汗还不道声辛苦；
像卖艺者假笑又装哭，
白受暴日寒风的袭击！

我只默默的自己走路，
经过甬道又越过陷阱，
天不变色地也不走形，
面前还只堆满了暗雾。

吁嗟乎，影子，你不知道
吮血的鬼正伸着长舌？
你我似花草已将残折，
还会有多少怨恶烦躁？

不如同魔鬼结成腻友，
看他的毒牙，冒火的眼，

以其祭奠我们的宝剑，

对生命还能不肯撒手？

选自《文艺月报》1935 年第 1 卷第 4 期

望海楼

朱英诞

对着河的楼

古老的旧教堂

河边不是沙滩

而海水不知移到何处去了

此海的傍居者

也随着海水做了迁客吗

于是有黄泥的河边

有说此水即海的人

选自《星火》1935 年第 2 卷第 1 期

五千年

程千帆

你怎么这样不珍重，珍重

自己，让一番风雨毁去了

五千年的美丽：这五千年！

五千年的黑发，黑眼珠，

那层陈老的香味，智慧

聪明，曾经惭愧过南欧

葡萄园里的女人那灿烂。

你应该换上时装，你是该！

（可是当心！别着了凉！）

又用一丛活泼的紫焰，

饲养你贫困的肠胃，这股

神秘的火它能再给你年轻。

一片叶子得亲着一枝花；

八月的西风里，也许真……

真有绝代的荣华，

但你却是他的老相识。

你古旧的温柔将要换得

他再度的拥抱，你努力

放荡的孩子准会收心。

不然，就只剩阵感喟，可再没

装饰你那么长的五千年，

那么长的，给你年轻，年轻！

选自《诗帆》1935 年第 2 卷第 1 期

月之影

李白凤

　　一

月之影
在每一树浓密的花荫下
裹着风

　　二

大雪后的静夜
波动的海水映着月光
徘徊——

　　三

一个不眠者站在海滨岩石上
我们都不语
月光，海水，不眠人和我

　　四

一颗流星⋯⋯

月光有些儿微颤——
那人惊疑的看我

五

我摇头
但仍指着那颗星——
驰入月中的那颗星

六

一片浮云掩上月光
海在啜泣，那人已不见了
是月之影还是我之影呢

七

没有月亮的夜空
我伴着轻风徘徊，
哦！原来我是月之影

选自《星火（上海）》1935 年第 2 卷第 3 期

自祭曲

卢获

银色的海坠下青年的梦

而今不再浮泛起波涛了

独眷恋于晚来的西风

想起昔日生活的多事

凉爽的白露是未来的

人的心早已凋老了

世故的加重作成生命的刑罚哪！

选自《红豆月刊》1935 年第 3 卷第 3 期

村夜

卢获

隔卷的机织声歇息了

村落的深夜如垂死的老人

少年的心事在灯下打滚

眼前世界幻灭的无味

静中远方送来一二声更鼓

那特有的古典的音乐

同枭鸟在夜空中怪叫

冷然想起白昼的热闹

选自《红豆月刊》1935 年第 3 卷第 3 期

漫走

徐讦

山前山后飞满了云霞，
枯枝的上面有二三只寒鸦。

为积雪在山道上消瘦，
我不敢再恣意地漫走，
但我也不敢向近处凝眸，
因为那炊烟升处丝丝是哀愁。

凝在天际有无数点斑，
像秋风卷去的白色花瓣，
但今年的冬风因何那么懒，
会把它们遗留到这样晚？

正新月登上了云霄，
有渔船的灯火向绿水瞟；
她告我天边的白斑是船帆在飘，
凭空的事情错得太奥妙。

有白云在空中遨游，

所以空气会浓得像酒；

帆后忽闪出前夜伴我失眠的朋友：

是那尽南的天际的一颗明亮的星球，

它对我默默地招呼一下，

约我伴它到三更时分再同时回家。

选自《人间世》1935 年第 19 期

1936^年

残梦

卢荻

隔邻的鸡声响了

茅店睡醒

离落间

听来自远方的晨笛

听火车早行的步伐

听军队集合的号角

一线的残梦

便如陨星的坠落了

　　　　一九三六，二，廿日

　　　　选自《红豆月刊》1936 年第 4 卷第 3 期

天路

卢荻

我常常终夜失眠

幻想着走向天路

但天路的去处呢

我踏出门槛

却茫无所之了

有夏娃的足迹做烙印么

然而，我又怕走过来的行径

一九三六，二，廿六

选自《红豆月刊》1936 年第 4 卷第 3 期

那座城

李广田

那座城——

那座城可还记得吗？

恐怕你只会说"不"，

像夜风轻轻地吹上破窗幕，

也许你真已忘去了

好像忘去

一个远行的旧相识，

忘去些远年的事物。

而我呢，我是个历史家，

总爱翻

厚重的旧书页

去寻觅

并指点出一些陈迹，

于是，我重又寻到了——

当木叶尽脱，木叶

飘零时

我重又寻到了

那座城：

城头上几点烟，

像梦中几朵云，

石壁上染青苔，

曾说是

一碧沧州雨。

城是古老的了，

古老的，又狭小的，

年久失修的城楼，倾颓了，

正好让

鸥鹐作巢，

并点缀暮秋的残照。

街道是崎岖的，

更没有多少行人

多少喧哗

或多少车马。

就在这冷落的街上，

不，就在这古老的城中吧，

偶然地

我们相遇了，

相遇，又相识，

偶然地

却又作别了，

很久，很久，

而且也很远，很远了吧，

你究竟到哪儿去了呢？

你可曾又落到了什么城中吗？

你曾说，"我要去漂大海，"

但大海我也漂过，

问去路

也只好任碧波，

是的，你又说

"随你到世界的边缘，"

但哪儿算世界的边缘呢？

就驾了这暮秋的长风

怕也难

寻出你一些儿踪影！

但我却总想到

那座城

城上的晴天

和雨天。

雨天的泥途上，

两个人同打的

油纸伞，

更有那城下的松林，

林荫下的絮语和笑声，

那里的小溪，溪畔的草，

受惊的，草间的鸣虫……

每当秋天，

当一个阴沉的日子

或晚间，

偶然地，我便这样想到了。

是呢，都是偶然。

什么又不是偶然呢：

看一只寒蝉

坠地，

看一片黄叶

离枝，

看一个同路的陌生人

远隐了，

隐到了不可知的异域。

一席地，盖一片草，

作一个人的幽居。

这一切也都是偶然吧，

于是，偶然地

一切都完了，

沉寂了，

除非我还想：

几时再回到那座城去呢？

几时再回到那座城去呢？

选自卞之琳编《汉园集》，上海商务印书馆，1936 年 3 月版

夜游

孙作云

当春夜充满明珠般的浮尘，
我们携手步入梦样的黄昏。
朋友，今夜的月亮瘦得像船，
在朦胧的夜海中明灭沉沦。

天上的星华，水中的火，
我们在湖畔眺望凝神。
朋友，记取这料峭的春夜，
让一缕的温柔永存永存。

但愿年年都如今夜的黄昏，
愿你的玉颜也永不消殒。
朋友，放缓你的脚步，
让我们走完这一更二更。

三月二十六日夜半

选自《清华周刊》1936 年第 44 卷第 1 期

黄叶吟

罗莫辰

黄叶乃秋风之古韵也
树林中余下最后的叹息
吹笛人垂头踟蹰而去

纷纷地飘着飞鸟亦迷失了旧途
席地而坐则又嫌稍寒
没有一片白云不作故意的踟蹰

登山临水也说不清什么缘故
沉默吧欲又来一阵萧萧
纵然一夜风吹去又飘回原处

怀着秋风之心而浪迹于江湖
吹笛人垂头踟蹰归来
但见黄叶堆成了一座坟墓

一九三六，春，改旧作。

选自《新诗》1936 年第 1 期

乌贼鱼的恋

施蛰存

春天到了，
乌贼鱼也有恋爱。

在海藻的草坪上，
在珊瑚的森林中，
乌贼鱼作猎艳的散步。

乌贼鱼以十只手
——热情的手，
颤抖地摸索着恋爱，
在温暖的海水的空气里。

但这是徒然的，
虽有十只手也无济于事。

美丽的小姑娘，
结队地行过，
她们都轻捷地，
像一缕彩云，
闪避了他的鲁莽的牵曳。

乌贼鱼以自己的墨沈，

在波纹的笺纸上，

写下了他的悲哀

——恋的悲哀。

但在夕暮云生的时候，

海上卷起了风暴，

连他的悲哀的记录，

也飘散得不留一点踪影。

二十五年四月十日

选自《新诗》1937 年第 2 卷第 2 期

灯

废名

深夜读书，

释手一本老子道德经之后，

若抛却吉凶悔吝

相晤一室。

太疏远莫若拈花一笑了，

有鱼之与水，

猫不捕鱼，

又记起去年夕夜里地席上看见一只小耗子走路，

夜贩的叫卖声又做了宇宙的言语，

又想起一个年轻人的诗句

鱼乃水之花。

灯光好像写了一首诗，

他寂寞我不读他。

我笑曰，我敬重你的光明。

我的灯又叫我听街上敲梆人。

四月十五日

选自《新诗》第 1 卷第 6 期（1937 年 3 月 10 日）

失眠夜

何其芳

正有人从辽远的梦里回来，

有人梦里也是沙漠，

正踯躅。

梆，梆，

梆子迈着大步，

在深巷中惊起犬吠，

又自己哑下去。

最后该你夜行车

来叹一口长长的气了，

你那样蛮强又颤抖，

当这时林叶正颤抖于冷露。

病孩在母亲的手臂里，

揉揉睡眼哭了。

白发人的呓语

惊不醒同座的呼噜。

车呵，你载着各种不同的梦，

沿途拣拾些上来，

又沿途扔下去。

四月二十八日

选自卞之琳编《汉园集》，上海商务印书馆，1936 年 3 月版

夜步

吴奔星

我数着星——

一，二，三，四……

星是明灭不定的，

许是安琪的鬓影的摇晃吧？

天上有爵士的音响呢，

有波动的款步呢，

洋溢于琼楼玉宇的，

轻微地像她第一次，

装着浮萍的轻飘，靠摆来
说出那一句轻微的话。

于是——
我彳亍着：
一，二，三，四……
我数着星：
一，二，三，四……

（六月八日）
选自《红豆月刊》1936 年第 4 卷第 6 期

春城

毕奂午

也是春天。
永不戴手套的乡下人
挥着解冻的鞭子，
赶着马车，
冒着杏花雨，
隆隆地进城来了。

过高高的城垣，
到杂迟的街头，
见那花岗石，

水泥各样的建筑物之间

都是拥挤着寻求职业的

带着菜色的

黑眉男子。

没有一棵苜蓿花!

没有一棵金凤花!

一个鞋匠,

以麻缕维系其生命,

摸索于人类之足底,

向炎夏走去。

　　　　选自毕奂午著《掘金记》,文化生活出版社,1936 年 7 月版

我迎着风狂和雨暴

蒲风

哦!我复投身于炎夏的烘炉,

我归来,我又复迎着风狂和雨暴!

哦哦!祖国,头尾三年,

我离开了你的怀抱;

如今,我归来——

太空掀起了滚滚云涛;

暗淡里有闪电照耀；

闷热冲起自地心，

响雷在天空，响雷也轰动在心头。

我看惯，在小岛，魔鬼在跃跳，

在海外，我听惯太平洋的嘶吼！

如今，我带回了发动机的热和力，

我要把魔鬼当柴烧，

我要配足马力哟，

我的力的总能

要像那五大海洋的怒潮！

我不问被残杀了多少东北同胞，

我要问热血的中国男儿还有多少。

我要汇合起亿万的铁手来呵，

我们的铁手需要抗敌，

我们的铁手需要战斗！

战斗吧，祖国！

战斗吧，为着祖国！

不要怕别人的军舰握住喉咙，

我们要鼓起力把这些秽物逐出胸头！

——滚开那些秽物吧，

扬子江，大沽口，珠江，

我们要掀起铁流群的歌奏！

天津，上海，威海卫，烟台，

青岛，福州，厦门，汕头，

我们让每一粒细沙也都怒吼。

从云南，从塞北，从四川，

我们的热血男儿哟，谁愿落后！

铁的纪律维系我们的行列，

来吧，我们的胜利

建立在我们的顽强的苦斗！

哦哦！北方早已卷起了云潮！

哦哦！四方的雷电同在响奏！

——别让闷热冷却在地心呵，

我归来，我正迎着风狂和雨暴，

怒吼吧，祖国，

这正是时候！

1936. 7. 1

选自《钢铁的歌唱》，诗歌出版社，1936 年 10 月版

三月

覃子豪

我久渴望着的三月的阳光啊，

你像大海中的光涛一样向我流来。

你快把这地上的残雪和流冰溶化罢，

我的生命正被新的力量鼓动着呢。

我歌颂过赤色的夏天，黄色的秋天，

现在我是该歌颂青色的春天了。

你温暖了大地的三月的阳光啊，

你作了我灵魂的光明的向导。

我的生命已没有一点灰暗的颜色

他追随着你雄浑的光涛在世界上澎湃。

我每一根发都在三月的风里飘扬，

我每一个细胞都在繁殖，鼓动，跳跃，

在这光照着的灰色的时日里

我是在努力攀越着"生命的梯阶"。

你温暖了大地的三月的阳光啊，

你还未溶化地上的残雪和流冰的时候。

我心里的流冰已被热情溶化了，

我的心正被火热的情绪炽烈着呢。

啊！让我的热情和你的光波交织罢，

织成一首像普希金一样的雄浑的诗

去献给那在三月阳光下的劳动者之群，

献给那为自由为正义而奋斗的战士。

啊！我渴望着的三月的阳光啊，

啊！温暖了大地的三月的阳光啊，

阳光下到处都充满着新生的力量，

阳光下到处都充满着新生的诗，

啊啊！写不尽的青春的幽美的诗，

啊啊！写不尽的劳动的雄浑的诗。

三月的阳光给我带来一个新奇的生，

现在，我再不需要一个不平凡的死，

现在，我再不需要一个不平凡的死，

因为，我正在写一首美丽的雄浑的诗。

一九三六年三月五日

选自《今代文艺》第 1 卷第 1 期（1936 年 7 月 20 日）

昼梦

林徽因

昼梦

垂着纱，

无从追寻那开始的情绪

还未曾开花；

柔韧得像一根

乳白色的茎，缠住

纱帐下；银光

有时映亮，去了又来；

盘盘丝络

一半失落在梦外。

花竟开了，开了；

零落的攒集，

从容的舒展

一朵，那千百瓣！

抖擞那不可言喻的

刹那情绪，

庄严峰顶——

天上一颗星……

晕紫，深赤，

天空外旷碧，

是颜色同颜色浮溢，腾飞……

深沉，

又凝定——

悄然香馥，

袅娜一片静。

昼梦

垂着纱，

无从追踪的情绪

开了花；

四下里香深，

低覆着禅寂；

间或游丝似的摇移，

悠忽一重影；

悲哀或不悲哀

全是无名，

一闪娉婷。

　　　　二十五年暑中北平

　　　选自《大公报·文艺副刊》（1936 年 8 月 30 日）

古木

方敬

十月的浓雾：

我是黄叶的伴步者，

我谪居在深秋的衰落里，

我听林梢滑下的幽音，

听自己的沉默。

古木下我有年青的欢欣，

我有年青的忧愁，

我有欢愁错综的梦，

我说古木是我的窗户，

我却作了浓雾囚徒。

选自《文季月刊》1936 年 8 月号

九月的太阳

黄宁婴

谁的地方，谁的边疆？

万里的长城，万顷的牧场！

谁的美粮，谁的宝藏？

遍野的高粱，遍山的金矿！

咱们，三千万群众

像羔羊

滋长，

滋长在数千年老壮的家乡，

在四百万方里的土地上！

咱们工作，伴着太阳，

咱们休息，枕着月光；

日中，从不教田畦里杂长一株野草，

夜里，从不教大门外掀惹一声犬嚷。

眼瞅着数千年的时光

在和平里缓缓流淌；

眼瞅着几百代的子孙

在寂静里诞生，在寂静里死亡；

眼瞅着秧儿绿，秧儿黄，秧儿渐渐长，

麦秆长成铁般强！

今年收成好？谁不这样想，

好时谁家不欢狂，谁家不烧香？

坏时咱们会用祈拜代替懊丧，

期望着万灵的菩萨庇佑，

明年好来一场丰收补偿。

土地就是咱们的乳娘。

咱们颗颗的血汗联成串串的希望：

希望着家乡永远安详，

希望着乳娘永远健壮！

还有咱们的产业，

那浓密的森林，累累的矿藏，

严禁着不肖的子孙妄自毁伤。

咱们懂得克毅，懂得善良，

为了这——绝大的容忍与退让，

咱们失去了四百万方里的地方，

在一刹那，是的，在一夜间

咱们失去了广大的家乡！

那时敌人不曾耗上几粒子弹，

我们的将军还醉倒在舞场！

咱们，安分的百姓却在梦中，

在梦中给敌人闯进了楼房！

九月的太阳，

射不出一线金光，

咱们要撕开胸膛叫嚷：

谁的地方，谁的边疆？

万里的长城，万顷的牧场！

谁的美粮，谁的宝藏？

遍野的高粱，遍山的金矿！

从此，咱们慈爱的乳娘

供给了敌人兽欲的饱尝；

咱们和平的家乡

遭受了敌人凶残的劫掠；

咱们惨淡的命运

瑟缩在敌人闪耀的刀上；

锦绣的河山永远不是我们底，

三千万同胞在铁蹄下变了奴隶！……

五年的时光锢锁着田园的荒凉，

五年的积郁喷出了火山的反抗！

如今，咱们要撕破了胸膛，

咱们再也捺不住叫嚷：

你，九月的太阳哪里去了？

干吗射不出一线金光？

干吗鼓不起一丝力量？

干吗甘愿在黑暗里沦亡？

你，九月的太阳！

从艰苦的挣扎里滚上来吧，滚上！

听，咱们更生的歌唱

激起了雷轰的震荡！

看，咱们铁铸的手掌

在革命的战斗下展扬！

奴隶们，记住！

咱们要在太阳底下争取解放！

一九三六·九·一八——二五

选自黄宁婴著《九月的太阳》，诗歌出版社，1938 年 1 月版

青涩的恋

蒋有林

不是说谎，看六月的原野

青色的小草全是黄点

是苦热的大旱天，皱着眉的

微笑，那苍老了的天，摆着

亘古未换的脸，没有情讲

一会儿花开，一会儿花萎

秋风打落黄叶遍地的满

不用悲哀，火热的夏天

这回要炸个碎，再没有

月亮放着银白的光

萤火带着灵魂的颤

待一个粉碎，耐这个夏天

青春的痕迹从今排下

随便火棍恣意的鞭

会忘不了幼稚的心情

爱听黄莺歌唱在花间

杜鹃花开时跳跃在山巅

黑夜数着一颗颗星星

看不厌池里的水圈一圈一圈

掬着脆弱的一颗血心

露一丝真诚，喊一声惨

相信希望是一个月圆

是醉，是孩子微笑的脸

这回看六月火热的天

眷恋着青春的绿草一片

走得到秋，再收拾枯寂的

落叶，激动悲哀的泉

剥开这个痴，留下蠢笨

挂起一面记忆的竹帘

选自《文艺月刊》第 9 卷第 4 期（1936 年 10 月 1 日）

外国士兵之墓

穆木天

没有人给你来送一朵鲜花，
没有人向你来把泪洒，
你远征越过了万里重洋，
现在你只落了一堆黄沙。

你的将军现在也许在晚宴，
也许拥着美姬们在狂欢，
谁会忆起这异国里的荒墓？
只有北风在同你留恋。

故国里也许有你的母亲，
白发苍苍，在街头行乞，
可是在猩红的英雄梦里，
有谁想过这样的母亲和儿子。

现在，到了北风的夜里，
你是不是后悔曾经来杀人？
那边呢，是杂花绚烂的世界，

你这里，是没人扫问的枯坟。

一九三六于十月四日于虹桥公墓

选自《选自流亡者之歌》，东华图书公司，1937 年 7 月版

赠克木

戴望舒

我不懂别人为什么给那些星辰

取一些它们不需要的名称；

它们闲游在天上，无牵无挂，

不了解我们，也不求闻达。

记着天狼，海王，大熊这一大堆，

还有它们的成分，它们的方位，

你绞干了脑汁，涨破了头，

弄了一辈子，也还是个未知的宇宙。

星来星去，宇宙运行，

春秋代序，人死人生；

太阳无量数，太空无量大，

我们只是倏忽渺小的夏虫井蛙。

不痴不聋，不做阿家翁：

为人之道全在懵懂，

最好不求甚解，单是望望，

看天，看星，看月，看太阳；

也看山，看水，看云，看风，

看春夏秋冬之不同，

还看人世的痴愚，人世的侳傺：

静默地看着，乐在其中。

谁知道，也许我将来变一颗大星，

在太空中欲止则止，欲行即行，

让世人算不出轨迹，瞧不透道理，

然后把太阳冲成碎火，把地球撞成泥。

       一九二六年五月十八日

         选自《新诗》第 1 期（1936 年 10 月 10 日）

无题三章

曹葆华

其一

一石击破了水中天地

头上忽飘来几只白鸽

一茎羽毛，两道长虹

万里外有人正沉思着

是梦，是晓星坠落天边

拾起影子再走入重门

千万个巨雷脚下停歇

半撮黄土，两行清泪

古崖上闪出朱红的名字

衰老的灵魂跪地哭泣

其二

怎得有一方古镜

照出那渺茫的前身

是人，是鬼，是野狗

望着万里的长空

一轮红月突然陨下

破袖遮不住手臂

腋下吹起漠北的冷风

摸着黑夜爬上山头

脚边有彗星闪耀

是梦，是自己的泪

其三

设想自己游历乱山中

掉了身边古怪的钥匙

归来开不了一橼茅屋

安放下无边空漠的心
（还有多少白日梦
也闪着各样颜色）

设想又怅然回到山中
遍问路上的一草一石
露珠闭了闪亮的眼睛
森林不吐出往日话语
（只有山半的墓碑
镌上了一个名字）

选自《新诗》第 1 期（1936 年 10 月 10 日）

水手

侯汝华

许多阴郁的少年，
生活在海上。

许多美丽的忆恋，
埋藏在暗水里。

人家问：
"海的悲哀怎样呢？"
星照着汪洋的波涛

和海藻的尸体，

但海藻还生存的时候，

却没有见过一次天空。

一支修长的桅樯，

是寂寞的标志吧，

许多阴郁的少年，

于是有海的泪了。

　　　　选自《新诗》第 1 期（1936 年 10 月 10 日）

招隐

金克木

远游的人啊，我要你快来，快来，

快来同我一起到沙漠中去。

城市是喧哗的沙漠，

这沙漠却一点也不可爱；

这里又没有风，又没有太阳，

有的只是永远蒸腾着的寂寞。

我怕着没有变化的天气，

我想要一阵狂风，一阵急雨。

我想看无边的天连上无边的地；

因此我要你陪我骑上骆驼，

到大戈壁去每夜细数天上的星，

去温习心爱的神奇的几何学。

告诉我你也喜欢深谷中的花和流水，

因此也喜欢逃到绿洲上去两人相对。

告诉我你也早已被东风吹得沉醉，

因此也要再借东风之力吹到西北方去。

沙漠中蕴蓄着无穷的天堂的菁华，

陪我去追天堂的绿影吧，远游的人啊。

选自《新诗》第 1 期（1936 年 10 月 10 日）

囚徒

关露

静寂的山林，

清凉的旷野，

在那里我梦见，

梦见那堆满了白雪的广原里，

那埋藏在枯草里的古墓旁边，

你临刑时自由地涌出的鲜血。

自由的鲜血，

在它急流着的时候，

有海样的英勇的波涛，

有春天早晨一样的暖热的阳光；

有赶着不断前程的

急切步伐的节奏，

有鸣着钢铁一样的，

坚实而清脆的声音。

你自由流着的鲜血里，

自由是不朽的！

静寂的山林，

清凉的旷野，

在那里我梦见，

梦见那涂满着鲜血的广原里，

那插着宣布死刑的标帜下面，

你临刑时挣扎的脸。

挣扎的脸，

在你那刻着记载的脸上，

标明着你向敌人的示威，

标明着千秋的人类的事件。

标明着你有武勇的队伍在后边，

标明着在你死后你曾推动过的历史的向前。

你挣扎的脸上，

挣扎是不朽的！

选自关露著《太平洋上的歌声》，生活书店，1936 年 11 月版

鱼化石

卞之琳

我要有你的怀抱的形状，
我往往溶化于水的线条。
你真像镜子一样的爱我呢，
你我都远了乃有了鱼化石。

鱼化石后记

黑字需要白纸。把这四行小诗写出来一看，觉得很可以拿去题一本封面有鱼化石图案的 album 吧。

我想起爱吕亚（P. Eluard）的"她有我的手掌的形状，她有我的眸子的颜色"。我们有司马迁的"女为悦己者容"。

自我表现少不了对方的瞳子。前几天我写了一篇散文，题为"成长"，其中有一句："假如你像我的一位朋友的老师那样，梦为菊花，你会不会说呢：我开给你看，纪华？（随便拟的名字，其实等于 x，代表你第一个想到的名字，耶和华，列宁，琵亚忒丽思，Mr. W. H. 拿挞拿哀，你的妹妹的名字或者你的哥哥的名字。）

从盆水里看雨花石，水纹溶溶，花纹也溶溶，我想起梵乐希的"浴"。

我想起马拉美的"镜子"，不是"Herodiade"里的"0 miroir…"而是"冬天的颤抖"里的"你那面威尼斯镜子"，那是"深得像一泓冷冷的清泉，围着镀过金的岸；里头映着什么呢？啊，我相信，一定不止一个女人在这一片止水里洗过她美的罪孽了；也许我还可以看见一个赤裸的幻象哩，如果多看一会儿"。

名胜地方石壁上刻一个"水流云在"，很有意思。鱼成化石的时候，鱼非原来的鱼，石也非原来的石了。这也是"生生之谓易"。近一点说，往日之我已非今日之我，我们乃珍惜雪泥上的鸿爪，就是纪念。

诗中的"你"就代表石吗？就代表她的他吗？似不仅如此。还有什么呢？待我想想看。不想了。这样也够了。

　　六月四日，一九三六。

　　选自《新诗》第 2 期（1936 年 11 月 10 日）

中秋月有华

赵萝蕤

今天我看见月亮，
多半是假的，
何以这样圆，圆得
无一弯棱角。

何以这圆满
却并不流出来，
在含蕴的端详中，
宛如慈悲女佛。

岂不是月外月
月外还有一道光，
万般的灿烂
还是圆满的自亮。

静静的我望着，

实在分不出真假，

我越往真里想，

越觉得是假。

选自《新诗》第 2 期（1936 年 11 月 10 日）

忏情诗

金克木

——夜静水寒鱼不饵。

收拾起钓钩吧。

莫要等清风挟梦来了，

梦里也会有丝丝的凉意。

遥远的梦。遥远的梦。

三年，九年；三十年，九十年；

人生不过百年哪！

待天边飘起一片云时，

花的梦，鸟的梦，月的梦，

都是风里的蜘蛛网了，

残留的许只有这临水的岩石。

风不来，雨不来，

且静听心底的旧情。

心底的旧情也有澎湃声吗？

怕的是年月的来去去来

也像深山古寺的晚钟：

一声，一声，愈长，愈冷，

一直坠落到幽谷之底，

激不起回音，黯然死去。

星星默默流移，

应笑惊飞的野枭。

飞呀，飞呀，飞到天边，水边，

但切记不要发一丝哀鸣：

只有岑寂的太空，

可做永恒的伴侣。

怨风，怨雨，怨无情的露滴。

不信露是天的泪，

信人的泪是露吧。

可惜只剩下干枯的眼。

干枯的眼对着干枯的心。

干枯的人的周围却是汪洋万顷水。

莫辜负这水，这月，这天。

驾着永不系的小船。

载着最沉重的空虚。

问空虚之外还有何物？

除了船中人一切都要笑了：

——笑满船空载明月

选自《新诗》第 2 期（1936 年 11 月 10 日）

鸽子

路易士

在我的上面，
秋之绚烂的白昼们
飞着像一群鸽子。

一群饰着银色小点的
黑色的鸽子也飞着。

它们飞——
没有方向地飞着，
寂寞地飞着，
永恒地飞着。

它们也啼哭呢，
但那只是无声的抽咽；
因为在痛哭之后，
它们是只能这样。

而它们的轻的太息

常使我失去温暖。

于是，在鸽子们的

翅膀的覆盖里，

我的秋天的歌

也熄灭了。

（我觉得有一座小小的冰山

在我灵魂里不息地螺旋着）

而在我的上面：

白昼和黑夜的鸽子们，

没有方向地飞着，

寂寞地飞着，

永恒地飞着。

选自《新诗》第 2 期（1936 年 11 月 10 日）

大沽口炮台

温流

曾经像撒雹似的撒过炮弹，

身上还留着古老的血迹；

和平来了，

就看看海，看看血痕，

沉默地看别人的战舰驶来，驶去，

看别人的飞机自由地飞在上边，

看别人的战车在身边溜达。

可是，更大的和平来了，

说是你也不该存在了；

光荣的过去保不住你的生命，

就让铁锹、锄头搬去你的尸首，

让你染了血的垫子变成和平世界。

和平的世界有池子假山，

和平的世界有红的血的花朵，

和平的世界有别人的天地，

谁还记起你光荣的日子呢？

是的，更大的和平来了，

别人的飞机战车更多了，

别人的兵士和战船更多了，

你不要问吧，这是平凡的事，

别人全是和平的天使。

你不知道和平的天使怕寂寞吗？

1936. 11. 11.

选自温流著《我们的堡》，诗歌出版社，1936 年版

北平初冬大雪后①

废名

　　二十五年十一月十五日　北平初冬大雪后，夜半作。

　　是日鹤西回保定

火车站走了少年客，

他是从梅花大庾岭回来的，

他说红豆生南国，

三年的相思不见一株落叶树，

今天北平初冬的大雪，——

说不尽山中白云，

数不尽树上红叶，

诗情片片拾得，

于今又回到不远的车站旁边住家去了。

我家院子里两年高一株小杏树，

大雪里小孩子比着圣诞老人似的，

这些我都忘记了，

夜半一天星，

天真嬉笑问我一切，

迎面我也忘了天上的星，

我记得亮晶晶一天的雪，——

──────────────

①原诗无题，题目为编者自拟。

问你们晚安！

据手稿

七个冷静的礼拜过去了

周煦良

七个冷静的礼拜过去了，
七个寒冷的冬天，
你那里我是再不去了，
我早知有这样一天。
世界上再没有我们，
有的只是你，和我自己，
春天也不再来理我们，
只把美丽献给她自己。

自己只当作死去，
我把这小屋当观察，他进来
从此不再出去。
如今我逐渐觉出，
死去的原只是我的过去；
我从死地里逃出，
现在我又想偷着回去。

这些日子你想些什么事？

是否同我想的一样？

也许你就没有当回事，

就像你平时一样。

你早已对我失望，

你能忘记岂不是顶好；

只是梦会带来失望，

谁再做梦是谁的不好。

我拿狂笑逃避询问，

用深思抵住烦忧，

逃不脱是我独自时的询问，

和在众人里面的烦忧。

戏散了，谁还会等着？

都各自回去过各的日子；

我知道我还在等着，

这些日子！这些日子！

都是拿一滴惹来的欢乐——

莫想罢，再想也枉然。

参透了一切爱的苦乐，

我于爱仍是茫然。

但愿有那样一天，

一切爱恨都变成美酒，

那便是我离去的一天，

我将祝福你，以一杯淡酒。

选自《新诗》1936 年第 2 期

无题

陈残云

春天的橙林风，
荡起你的笑意；

而我心的季候，
是灰感的残秋！

季候病者我想：
我仍是年轻人；

虽然心的旅程，
走过两个世纪！

选自《诗之叶》1936 年第 3 卷第 1 期

余音

罗莫辰

余音袅袅
十月的残阳和猫
先生昼眠方醒

枕上数峰清

夜里时时细雨
先生也不想骑驴
娇禽已烹
空笼檐前荡
穿堂风更显奇峭

衰草欲青欲黄欲青
先生赤足踏寒沙而行
伐木丁丁远
心如空谷

一九三六年秋 里昂

选自《新诗》1937 年第 4 期

时光

罗慕华

每天，面前翻乱着一些
凶暴的残杀，侵略的贪狠，
被压迫者的哀号，切齿，
纠结着的淫逸和贫困，
许多的故事搅混着，
泛成了一片无际涯的海，
滚滚的涛浪，便是

这一个时代的灾害。

眼前耳边，总是这样混乱，

很少有片刻的安静，

容你定一定心神，

领会到别一方面的人生。

但是，也有这偶然的事——

南国的初秋，正在傍晚，

田野的稻，吐着凉凉的气息，

上弦的月，斜斜地挂在天边，

蟋蟀也许正弹着须子，在唱，

一头水牛，歪着头，好像

望那远处的一颗星，

星星在闪着它的光芒。

这时候，流浪者的疲倦，

从寂静中爬上心头，

终年地浮泛着，

从北到南，从夏到秋；

一向是鼓着一口气，

苦心地思忖着辗转的道路，

不管艰难，不管曲折，

只坚忍地抬着生活的脚步。

有时欢笑，却有时

又难分哀乐；犹如两行

相磨着的牙齿，

嚼着这生命和时光。

烦苦的时候，盼着夜，

愿借着悄寂的黑暗，

掩住了所有的不快，

但夜来了，却又嫌

太久，转而又望着天明，

希望看看太阳，

使这压缩着的心

松快些，放进一点光亮。

再若遇着欢快，时光偏怪，

想要它慢些过去，

却不能，日和月，仿佛

两只车轮，毫不停息，

飞一般地滚；才看见太阳，

一眨眼，又是满天的星，

想要挽，也牵挽不住，

也许，欢快是走另一个途程？

于今，在片刻的宁息中，

回顾这十年的漂泊，

真好似一瞬间的事，

还要说什么哀与乐！

这可怕的时光，不知道

是从何时开始，我总想，

它好似一只没边栏的船，

从有那么一天，开始航，

航着广漠的行程，

也不知它要走向哪里，

却尽管向前滑去，

一点也没有声息。
这只宽大的船，载满了
数不清的搭客，他们
在船上生，在船上长，
在船上奔波，但一阵
却不见了方向，好似
从这船上漏下去，悄然
失了踪影，如同当初
悄然多出了他们一般。
在那只船上，大家演着
可笑的或是可悲的戏剧，
所有的角色，从来都是
忠诚的被伪诈的所欺，
唯有野心的残暴者，
一手握着剑，一手持着经，
讲着道德，给你听，
这样的就会成功。
同时，却也有反抗者的血，
喷溅着残暴者的身，
洗着这船面，激泛着
每一个乘客的心。
真说不完，船上的故事，
认不清，船上的人；
一阵生，一阵灭，这时，
我也属了这搭客的群。
不是么？面前不正是

演着和往古大同小异的

戏剧？环顾着自己，

不也是正被强暴所欺？

这时，唯有洒出自己的血，

洗了这船板，冲碎了

破坏这一船和平的力，

左右总也有一朝，

如同过去失了踪的人，

在这无声息的航程中，

不知从何处消灭了，

几十年便不见了踪影。

这只船，看来永世

也走不完，我这个搭客，

一向是悄悄地坚忍着

在上面东飘西泊。

有时要疲倦，却不敢

认真倦下去，总是振一振

肩膀，再鼓一口气，

随着两只旋转的轮，

不眨眼地过。看目前

四林笼着雾气，夜又

盖住两眼，这没边栏的

大船，正在悄然航行的时候。

　　一〇，二三，一九三六广州

　　选自《文艺月刊》第 9 卷第 6 期（1936 年 12 月 1 日）

旅途中

林徽因

我卷起一个包袱走，

过一个山坡子松，

又走过一个小庙门

在早晨最早的一阵风中。

我心里没有埋怨，人或是神；

天底下的烦恼，连我的

拢总，

像已交给谁去……

前面天空。

山中水那样清，

山前桥那么白净——

我不知道造物者认不认得

自己图画；

乡下人的笠帽，草鞋，

乡下人的性情。

暑中在山东乡间作，二十五年夏

选自《新诗》1936 年第 3 期

理发店

废名

理发匠的胰子沫

同宇宙不相干

又好似鱼相忘于江湖。

匠人手下的剃刀

想起人类的理解

画得许多痕迹。

墙上下等的无线电开了，

是灵魂之吐沫。

二五，五，一

选自《新诗》第 1 卷第 3 期（1936 年 12 月 10 日）

草菊

——给之琳

罗莫辰

草菊岂能委身于村夫

雪深了风是寒冷的光明

"不要思想只要面包与爱情"

呵风你鼓荡着大雾的波涛

浮士德和他积学的呻吟

在不堪消瘦的道路上

也许有人策杖而独行

你让林木剩下几根骨头

积雪上留下牛马的蹄印

最后的街车是二十四点一刻

行人遗失了他们的灯擎

为了不甘心绝望而死

可让我们再到林边去逡巡

　　一九三六，冬。

选自《新诗》1937 年第 2 卷第 1 期

六幻想

徐迟

Invitation to the Harvest

你幻想秋郊的半棵树，

幻想半棵树的吐露：

"风不刺人，阳光和暖"；

是宜于恋人郊外行的气候；

正允许了恋人们的手攀住恋人们的腰，

如秋水攀住秋桥。

第一张叶子，你幻想，

早落了不是？地面斑斓。

而最后的一张叶子，

最后的一张叶子的残落却还早着呢。

你幻想一下郊外，

郊外必然是一层一层的，

我们从第一层郊外

到第二层郊外，俯瞰

而仰视而再予以幻想。

幻想下的美好的稻，

黄金田野，

红的紫紫的果树林！

允应它们的邀请吧。

我们去看几把镰刀，

去看几块稻场，

去看弯下了上体的田舍女，

她摇在半空中的鞋底。

幻想一下我们在稻中央，

你也是；

幻想我们在稻中央的秋之吻；

秋之吻是甜的，

因两人皆是丰收之年的

熟透的果实。

六幻想，

邀约你到秋收的稻田去。

选自《新诗》第 3 期（1936 年 12 月 10 日）

夜航船
　　　——写给爱儿惟凤

李白凤

暮色足三重叠的
深秋的下弦月如一只小船
渡一个无梦的流浪儿飘过银海了
我将载一船好梦归去

着一只星冠与白云的裙裾
天空的小船，更轻，更轻……
只允许一只蝴蝶做锦帆
航遍相思的路程吗

选自《新诗》1936 年第 3 期

十二月十九夜

废名

深夜一只灯，
若高山流水，

有身外之海。

星之空是鸟林，

是花，是鱼，

是天上的梦，

海是夜的镜子，

思想是一个美人，

是家，

是日，

是月，

是灯，

是炉火，

炉火是墙上的树影，

是冬夜的声音。

作于 1936 年

选自《文学杂志》第 1 卷第 2 期（1937 年 6 月 1 日）

松花江上

张寒辉

我的家在东北松花江上，

那里有森林煤矿，

还有那满山遍野的大豆高粱。

我的家在东北松花江上，

那里有我的同胞，

还有那衰老的爹娘。

"九一八","九一八",

从那个悲惨的时候,

"九一八","九一八",

从那个悲惨的时候,

脱离了我的家乡,

抛弃那无尽的宝藏,

流浪!流浪!

整日价在关内,流浪!

哪年,哪月,

才能够回到我那可爱的故乡?

哪年,哪月,

才能够收回我那无尽的宝藏。

爹娘啊,爹娘啊,

什么时候,

才能欢聚在一堂?!

作于1936年

选自《张寒晖歌曲选》,人民音乐出版社,1981年3月版

时常我想

路易士

时常,我想,

在我的窗外,

应该有一条地平线，

一个天，和一个海。

明儿，我将飘流到

一个不知名的珊瑚岛，

去听无限的风涛声，

去看海上日出之冉冉。

当岁月之流

从爱者的眸子逝去，

我之歌声亦渐敛了。

乃驭着风雨归来，

月夜的窗外，

有人鱼之悲吟。

1936 年作

选自《作品（南京）》1943 年第 1 卷第 2 期

女尼

沙鸥

把情丝和青丝一起地剪掉，

让灰色的袈裟裹住桃色的心跳，

瞧观音面部平静的表情，

默祷自己也有那么平静的心境。

不再想起那些说谎的嘴唇，

不再想起那些贪佞的眼睛：

焚一炷清香，

低诵波罗蜜多心经。

夜行人

沙蕾

挟着一瓶浓烈的香槟，

步向午夜街心，

一面踯躅，一面狂饮，

看酒瓶中浮出天国的幻影。

让星月摇晃不定，

让摩天楼渐渐下倾，

唱着逸乐与死之歌，

静待宇宙末日的莅临。

以上 2 首选自《诗志》1936 年创刊号

赠馨子

韩北屏

涂抹在铁马上的恋情，

当心风来挑逗！

这是不可告人的秘密呢，

于是少年维特生出烦恼了。

明媚的笑声，清朗的眸子，

工笔勾画的眼帘……

方知一切赞颂的诔辞，

皆成为徒劳的浪掷。

静心地合上双目，

听凭命运的捉弄吧！

我将永远地摸索：

开明的灯早已被人摘去了！

选自《诗志》1936 年创刊号

暗影

李长之

为什么我心上留有这么个暗影

明朗的日光来晒呵，晒不了去?

山那么蓝，也不会蓝了去?

我的灵魂，是在遨游了：

在她的颊上，在她可爱的口辅，

在她笑了时低低的头，

而游。

我在那冷漠的心，

忌妒的屏障，

醉的吻，

自己的荒凉，

而迷惑了。

我在回忆里，像又

步过儿时游玩的

艰险又欢快

渺茫又真切的

林泉，

小石，

山，和

溪丘。

没有太阳的下午

路易士

没有太阳的下午

礼拜堂里

钟底沉重的灵魂

驭起一个

无遮拦的五月风

诗的宇宙

路易士

造物者是我
我底诗是一个
没有物质的宇宙

而这个宇宙里，包罗着
无尽的幻象，无尽的梦

选自《诗林双月刊》1936 年第 1 卷第 1 期

面网

玲君

蒙在面网中的姿首，
隔膜着一重现实感，
盆缸中的金鱼吧。

透视过玻璃器皿中的景物，
就是用灵魂的眼睛，
斜窥也是徒然的。

石像的顶端遂有银灰色的设计了，

雕铭着冷隽的低头之姿。

彷然于缸外的人亦有被幽禁之感了，

在无数线条的交织中。

粗莽原是武士的本色哪，

然而在盲目的美人前他感到颤悚

几时把这面网放下呢，

几时可以把这里大陆的风沙曳去呢？

选自《六艺（上海1936）》1936 年第 1 卷第 1 期

十二月的风

王亚平

上帝摆一副惨淡的面影，

把慧眼望着冰冻大地。

塞北翻起敌人的铁蹄，

太平洋，战神撒下漫天风雨。

乌鸦不敢大声在长空叫唤，

寂寞的街心停止都市呼息，

美丽的三海绝了游人，

焦枯荷叶在冱寒里饮泣，

东西站虽然有汽笛长鸣，

但载来的尽是敌人的官兵，

太阳旗映着辉煌的前门，

故宫前响起敌人的号声，

汽车拖载了各色要人，

黑夜里秘签屈辱条约，

欢筵席上飞舞花花和衣，

谈笑声中断送中华的生命。

密令吩咐教授、校长……

用机敏手段对付青年怒潮，

更在街角埋伏了暗探，

手枪、利刃，压榨文化呼声。

竖竖眉毛也遭受逮捕，

临时监牢拘禁着英勇青年学生。

大学门前加紧了岗位，

夜晚出门必须答出口令，

两千多年前苛暴的嬴政，

此时又借尸还魂?!

大众心里扣揽一个苦闷，

阴霾怎能永久封锁天空?

枯草也引长身子向上仰望，

等待来一阵粗暴的狂风。

冻云缝里忽然掣出一道亮光，

黑暗里兴作翻天的怪响。

呜呜呜——号号号——

十二月的风从地心里卷起来了，

漫过城头，挟着万里尘沙，

汹涌，澎湃，是万千奔腾的战马，

愤怒，狂卷，是洪流凌越了天山。

沉寂三海卷起破天浪潮，

古城街心弥漫敌人的铁蹄，

沙发椅上悚碎绅士风度，

密议室中吓破丑恶的鬼脸。

汹涌！澎湃！狂卷！怒号！

花前，水畔，敲醒士女游魂，

长街小巷飞散动荡的流言。

大学生冲出幽静的学院，

掷却派克笔，学士梦，

把意志投入风涛里洗练。

胆小的商贾闭紧宽狭铺面，

车夫，小贩，杂入风涛里呐喊。

厮杀！怒吼！呻吟！搏斗！

汇成了万里烽火，烧！烧！烧！

烧掉残暴的祸根，烧掉侵略的锁链！

汇成了冲溃长堤的狂澜，涌！涌！涌！

涌出冰结下地心洪流！

奔腾呀！奔腾呀！奔腾呀！

漫过五岳巍峨巉岩的丘陵，

漫过三大流域无边的草原。

四万万健儿挣扎起奴隶身子，

借风势推动时代的巨轮，

剖开地球黑暗的核心，

搀扶地狱下受难的奴隶。

那时，上帝也会露出愉快笑颜，

太阳在空中吐放绮丽的光彩。

听！十二月的风伴奏大众呼声，

在朝昧幻影里歌颂黎明到来。

选自《文学青年》1936 年第 1 卷第 2 期

献给伟大的死者

任钧

我们刚刚没有了巴比塞，

此刻又没有了你，高尔基！

上下古今有哪一种损失

能够跟我们的相比?! ……

可是，高尔基哟，你安静地长眠吧！

你已经在历史途程上留下伟大的足印；

在苏联，在中国，在全世界，

都将有无数的作者——

用你的名字做旗帜，

踏着你留下的足印：

向旧世界的对方前进！

我们刚刚失去了巴比塞，

此刻又没有了你，高尔基！

上下古今，有那一种悲哀

能够跟我们的相比?!……

可是，高尔基哟，你安静地长眠吧!

你的伟大的理想和希望——

已经在六分之一的地面上开了花，

已经在全地球的每个角落里长了芽；

看，一个崭新的世界，

就要展开在你的墓门之下，

高尔基哟，你安静地长眠吧……

　　　　　选自《光明》1936 年第 1 卷第 3 期

长城丸上口占

孙席珍

别了你，像一只

燕子，飞过海去，

渡过茫茫烟水，

穿过万重的云。

风是我的侍卫，

明月做我的伴。

你放心，到那里

我自会变成神，

碎成满天的星。

哪是西？哪是东？

只见水，只有云。

但不要紧，因为

大地虽然苍茫，

总有条路可通。

别了你，像一只

燕子，飞过海去，

飞着飞着飞着，

直要飞向无穷。

选自《现代青年（北平）》1936 年第 2 卷第 2 期

无题

林丁

从不愿戳破

纵使人绞尽脑汁

却视为无上珍奇

让层纸隔住眼帘

尽管把玄思涂在上面

担心有一天

玄思会磨破这层纸

像太阳冲出云霓

给我的是一片清亮

怎补偿我心的洪荒

选自《新诗》1936 年第 2 期

赛金花像

关露

从你底面目上不曾想到

你是为着红颜

流为浪女，

不曾想到

你从国使夫人

沦为娼妓。

你有倾国的颜色，

但清廷底失地不是为你，

你虽天然的双足被人毁去，

但你不曾在敌人的面前跪下双膝。

你在外交沦亡的朝代里，

造下克林德将军底牌坊，

建立了减轻国辱的伟绩，

那虽是保全最微的国体，

但那衰老而坚强的石块

和外交大臣降表上送去的失地，

到现在还同样地偃卧在

芳草凄迷

薄暮的阳光里。

看你底面目不曾想到

你竟为着红颜

流为浪女。

你虽来自民间，返为娼妓，

你虽失去了妇人的贞节

卖了身体！

可是你不曾卖国荣身，

学那些朝廷的官吏。

误你的分明是你

年老的夫君——钦差大臣，

别人偏要说你"红颜薄命"。

和你同样被误去的我们中华，

人家偏要说是"国无武备"！

选自《妇女生活》1936 年第 3 卷第 3 期

诗四首

韩北屏

无题

以生命来和恋爱打赌

谁亦晓得是失之计算

然而古往今来的壮士

却愿以昂藏七尺之躯

换来一两声轻言软语

记挂着那个高贵的

无可侵犯的妇人

怎样在接收路人的媚眼

我还有孤注一掷之抱负了

羞

壁上的照相也有脸红之时，
独我是觍然的来往人间。

一万口鄙夷的唾沫，
却回敬以一万个笑脸；
别人也忍俊不禁，
我亦何妨陪以胡卢一笑？

壁上的照相也有脸红之时，
独我是觍然的来往人间。

随兴四行（一）

影子是忠心于我的
只可惜有时受了灯的欺凌

我也在思索一个妥策
来停止你流利的顾盼哩

随兴四行（二）

回顾鞋跟的尘埃，
自无所谓恋眷；
既成的弃妇，
当不能再遭宠幸了。

选自《红豆月刊》1936 年第 4 卷第 2 期

大豆

徐光摩

一

又交到秋收季候，
记忆上结起大豆。
我的家住在辽宁，
通江子一个小村，
爸爸带我到地里，
看我调皮捉虫子，
"一家生活全靠它"，
爸爸指着豆开花。

有一天夜里全黑，
炮弹陡在半天飞，
胆小抱着爸的腿，
慌得妈妈检衣柜，
表哥跑来气直喘，
"××鬼子占地盘"，
我们吓得都打战，
恨生命失了主权！
就在这夜弃了家，
再没看到豆开花。
来上海三回秋老，
故乡秋色也许好？
想起大豆在我家，
也许谢了小白花。
豆子结得熟又多，
掌上珍珠一颗颗，
打前年避难逃奔，
豆园也换了主人！

二

豆芽儿是这样青，
我那时年纪也轻，
豆棚下几回荒唐，
他，他与我偷过香。

爸爸骂"丫头坏蛋",

妈妈心里有计算,

后来将我就许他,

再过几年做人家。

天晴翻身变天阴,

如今乡思逐日深。

海水尽头故乡遥,

圆的月亮没人瞧。

对长空吁一口气,

趁邮船寄个消息:

我的好人,我爱他,

来年大豆又发芽,

你,我,拼合一条心,

趁早加入义勇军,

杀得敌人光光的,

站在前锋表功绩!

看赤血染成辽河,

辉煌得像一匹罗。

举行婚礼结花彩,

我佳偶,勇敢的来。

选自《青年界》1936 年第 10 卷第 4 期

童年

冰心

童年啊！

是梦中的真，

是真中的梦，

是回忆时含泪的微笑。

夏夜

冰心

怎能忘却？

夏之夜，

明月下，

幽栏独倚，

粉红的莲花，

深绿的荷盖，

缟白的衣裳！

以上 2 首选自《诗歌五首》，《平民月刊》1936 年第 12 卷第 6 期

渔娃

冰心

渔娃!

可知世人羡慕你?

终身的生涯,

是在万顷桑波之上。

选自《平民月刊》1936 年第 12 卷第 7 期

西班牙女郎哟

胡明树

西班牙女郎哟!

抛了你的裁缝道具,

举起了枪杆,

瞄准了你的敌人吧!

绣花针,

绣着赠给情人的手巾呢,

还是绣着两人共睡的枕头?

但是血——战士的血,

将绣出显色的版图来的,

西班牙女郎哟!

把你的弹丸瞄准你的敌人的头颅吧!

好像你，把你的

甜蜜的情话，
瞄准你的情人的心般地，
西班牙女郎哟！
现在，是用进攻你的情人的战术，
进攻你的敌人的时候了！
是的，你们的一部分
已经背着枪，
走上了前线去了，
你们不仅写着光荣历史的一页，
而且为了一向被轻视的妇女界，
写着一篇伟大的血的诗剧的序曲！
西班牙女郎哟！你是在帮忙着，
绣着大红大绿的版图吗？
现在，你将获得
不仅一个的情人，
你将获得无数的朋友，
和自己的宇宙。
西班牙女郎哟！
起来！
为了获得你的真的爱人，
燃起了你火般的热情，
跟你的敌人斗争吧！

一九三六年

选自《文艺工作者》1937 年第 1 期

夜路

林焕平

天空像个幽黑的灶孔,
周遭飞洒着浓厚的霞雾;
凉风沁过你底心肺,
群鬼在你面前啸呼。
然而,你不能不赶
　　　你的夜路!

尖刀般的石片
割裂你底脚跟
丛密的荆棘
刺伤你底肌肤;
峻岭隐现在你面前,
断崖踏在你底脚下,
然而,你不能有
　　　丝毫的后顾!

猛虎在你右边咆哮,
凶狼在你左边怒吼,
野狗啖着你底屁股,
毒蛇咬着你底脚尖,
然而,你不能有

半分的怯懦！

你穿牢你底衣物，

防御无情的风雾：

你壮起你底雄心，

压下群鬼的恫吓；

你握紧你底铁棒，

准备群兽的猛袭：

你挥舞你底刺刀，

抗拒荆棘的进攻！

　　迈着壮步

　　　　赶你底前路！

不久有那么一颗星，

一轮月，或是太阳

——光明的出现！

　　　　　你才作

胜利的欢呼！

　　　　选自《诗歌生活》1936 年第 1 期

狮子的子民们

减波

时候到了，兄弟，

提起你的枪；

不用再叹息，
向火线上奔去！

时候到了，兄弟，
提起你的斧头，
劈开一条血路，
把我们从危亡中救起。

时候到了，兄弟，
到了，周围成林的敌兵，
敌号刺抖着热血胸心，
倒地也得倒在一起！

一切倒了也得迎向前，
我们得统统说一声要干，
向着天发个誓吧，
宁愿死了做鬼雄，
不愿活着做奴隶！

提起你的枪跑向前去，
兄弟们组成洪水一般的力，
我们也是狮子的子民，
摇摇发怒的毛发向敌手扑去！

选自《每月诗歌》1936 年第 2~3 期

旅人

柳倩

拖着倦怠的脚步，
踏入苍凉黄昏之暮色。
旅人底前路修远，
在那无可计算迢遥的天下。

抱紧渺茫的希望，
负上一肩行箧
再也不敢回头。
望一望自己老家。

十月底风霜，
带来了沁心的寒冷；
还让两腿底殷勤，
搬动一天底疲乏。

也无路旁的茅店，
击着行人底旅脚；
两三声犬吠泄自邻村，
修篁后燃起几家灯火。

从此也顾不得旅途的落寞，

凭这点微光赶上明灭疏星的数颗；

谁敢想望自己的田亩荒芜，

看妻儿流泪伴一村人挨饿？

从此失掉了家，拖长命运底枷锁，

徒步中，再听不见往日熟悉的樵歌；

生疏的锄镰只让在屋角旁锈破，

恼人的这旅途，这秋夜底寂寞。

　　　　选自《每月诗歌》1936 年第 2～3 期

1927 – 1936年

具体日期不详

午睡

苏金伞

窗外的蜂翅是个小钥匙，

轻轻地开开了我的午睡；

看梦里没有花香，

又密密地给合住。

驼铃是过时的拙笨商，

驮梦到辽远的沙漠去；

及检点梦里的货色，

却是做过诗的蚕矢。

选自孙望编《战前中国新诗选》，江西人民出版社，1983 年版

月

俞大纲

你，跳进了窗棂，挨近着我，

银色的夜，银色的火，

我枕边早安排好一个梦，

一个平安的梦，等着你抚摸。

你，轻盈的掩入夜莺的窠；

银色的夜，银色的火，

森林里飘出一曲顶礼的歌，

谁知道这唱的是莺还是我。

选自徐志摩编《新月派诗选》，人民文学出版社，1989 年版

本卷作者简介

　　朱大枬（1907—1930），四川巴县人。是"五四"中期青年作家，《晨报诗镌》的同人之一。代表诗作《笑》《大风歌》《时间的辩白》等。

　　沈从文（1902－1988），原名沈岳焕，湖南凤凰人。1924年开始进行文学创作，主要作品有长篇小说《长河》、中篇小说《边城》和散文集《湘行散记》等。新中国成立后在中国历史博物馆和中国社会科学院历史研究所工作，主要从事中国古代历史与文物的研究，著有《中国古代服饰研究》等。

　　李金发（1900—1976），原名李淑良，广东梅县人。早年就读于香港圣约瑟中学，1919年赴法勤工俭学，1921年就读于第戎美术专门学校和巴黎帝国美术学校。1945年移居美国。他早年诗歌深受法国象征派诗歌影响，被称为"诗怪"。著有《微雨》《为幸福而歌》《食客与凶年》等。

　　胡适（1891—1962），原名嗣穈，学名洪骍，字希疆，后改名胡适，字适之。安徽绩溪人。早年因提倡文学革命而成为新文化运动的领袖之一，于1917年发表的白话诗是现代文学史上的第一批新诗。著作有《尝试集》、《胡适文存》（四集）等。

　　徐玉诺（1894—1958），原名徐音信，河南鲁山人，文学研究会主要诗人之一。著有诗集《将来之花园》等。

闻一多（1899—1946），本名闻家骅，字友三，湖北浠水人。新月派代表诗人和学者。1916 年开始创作旧体诗，其诗沉郁奇丽，具有强烈而深沉的民族意识和民族气质。著有诗集《红烛》《死水》等，遗著由朱自清编成《闻一多全集》（四卷）。

冯乃超（1901—1983），广东南海人。早年参加创造社的活动，1930 年参加"左联"成立活动，有诗集《红纱灯》。

鲁迅（1881—1936），原名周樟寿，后改名周树人，字豫才。浙江绍兴人。中国现代伟大的文学家和思想家。他的著作以小说、杂文为主，代表作有小说集《呐喊》《彷徨》《故事新编》，散文集《朝花夕拾》（原名《旧事重提》），散文诗集《野草》，杂文集《坟》《热风》等。

吴组缃（1908—1994），安徽泾县人。1920 年入清华大学中文系学习，曾出版《西柳集》《饭余集》。

许幸之（1904—1991），电影导演、美术史家，曾赴日本学习油画。

王独清（1898—1940），原名王诚，字笃清。陕西蒲城人。创造社成员之一，曾任理事，并主编《创造月刊》，同时任广东中山文科学长。出版的诗集有《圣母像前》《死前》《威尼斯》《零乱章》等。

爱光，生平不详。

胡也频（1903—1931），原名胡崇轩，曾用也频、白丁、野草等笔名。生于福建福州，祖籍江西新建。"左联"五烈士之一。主要作品有诗集《诗稿》《消磨》，短篇小说集《圣徒》，戏剧集《往何处去》等。

蹇先艾（1906—1994），遵义老城人，作家，有短篇小说集《朝雾》《一位英雄》《酒家》《还乡集》等，散文集有《城下集》

《离散集》《乡谈集》《新芽集》《苗岭集》等。

杨骚（1900—1957），原名杨维铨，福建华安人。中国诗歌会发起人之一。

黄药眠（1903—1987），广东梅州人。早年参加创造社，1929年在莫斯科共产国际工作，1933年回国，1949年后在大学任教。

殷夫（1910—1931），原名徐白，谱名孝杰，小名徐柏庭，学名徐祖华，又名白莽，浙江象山人。读书时先后用过徐白、徐文雄（字之白）等学名，笔名有徐殷夫、白莽、文雄白、任夫、殷孚、沙菲、沙洛、洛夫等，"左联"五烈士之一。主要作品有《孩儿塔》《殷夫选集》《殷夫集》《别了，哥哥》《血字》等。

罗吟圃（1905—1999），广东汕头人，报纸主笔、翻译家、军人，1925年入上海持志大学（上海外国语大学前身）政治系，著有《淞沪血战回忆录》，后为《星报》主笔。1970年代移居美国，在美国去世。

郭沫若（1892—1978），幼名文豹，原名开贞，字鼎堂，号尚武，四川乐山人。现代文学家、历史学家，中国新诗奠基人之一。1918年开始创作新诗，参与组织发起创造社。著有诗集《女神》《长春集》《星空》等。

钱杏邨（1900—1977），原名钱德富，又名钱德赋，安徽芜湖人。笔名阿英、钱谦吾、张若英、阮无名等。现代著名剧作家、文学理论家、文艺批评家。1927年与蒋光慈等发起组织太阳社。著有历史剧《李闯王》《碧血花》、文集《阿英文集》等。

戴望舒（1905—1950），浙江杭州人。1923年入上海大学文学系，1925年转入震旦大学学习法语。1932年任《现代》编辑，同年赴法国留学。1936年与卞之琳、孙大雨、梁宗岱、冯至等人创办《新诗》月刊。抗战爆发后，转至香港主编《大公报》文艺副刊，1941 年底，因宣传抗日，被日本人逮捕入狱。1946 年赴上海，先后在暨南大学、上海市立师范专科学校、上海音乐专科学校等校任职。

李健吾（1906—1982），笔名刘西渭，山西运城人。现代作家、戏剧家、评论家。1925 年考入清华大学，同年加入文学研究会。著有《咀华集》《咀华二集》。

徐志摩（1897—1931），原名章垿，字槱森，浙江海宁人。新月派代表诗人，散文家。1923 年参与发起成立新月社，加入文学研究会。1926 年在京主编《晨报》副刊《诗镌》，与闻一多、朱湘等人开展新诗格律化运动，促进新诗艺术的发展。著有诗集《志摩的诗》《翡冷翠的一夜》《猛虎集》《云游》等。

陈梦家（1911—1966），曾用笔名陈漫哉，浙江上虞人，生于南京。著名古文字学家、考古学家、诗人。在中央大学法律系读书时师从闻一多与徐志摩习诗，是后期新月派重要成员。注重音韵和谐及整体匀称，善于吸收格律诗特点写自由诗，对新月派的形成和发展影响较大。后应闻一多之邀到青岛大学任其助教，并在其指导下开始转向甲骨文研究。

石民（1901—1941），字影清，湖南邵阳人。毕业于北京大学英文系，后任北新书局编辑。有诗集《良夜与噩梦》，还有外国诗文翻译多种，波德莱尔作品的翻译尤多。1938 年随武汉大学内迁四川乐山，不久因肺病加剧告假，回原籍医治，1941 年初病逝。与鲁迅交从甚密，1930 年冬石民肺病发作时，鲁迅五次引其去平井博士寓所就诊。

林文铮（1903—1990），广东梅县人。教育家、美术理论家，蔡元培长女婿，曾留学法国巴黎大学，曾任杭州艺术专科学校校长。

邵洵美（1906—1968），祖籍浙江余姚，出生于上海。新月派诗人、散文家、出版家、翻译家。1928 年开办金屋书店，并出版《金屋月刊》。1933 年编辑《十日谈》杂志，后主持《论语》半月刊编务，晚年从事外国文学翻译工作。著有诗集《天堂与五月》《花一般的罪恶》等。

沈宝基（1908—2002），浙江平湖人。1928 年毕业于中法大学服尔德学院。1934 年获法国里昂大学文学博士学位。曾任中法大学、北平艺术专科学校教授。1949 年加入中国民主同盟。1951 年后，历任解放军总参谋部干部学校、北京大学、长沙铁道学院教授，中国翻译工作者协会第二届理事。译有《巴黎公社诗选》《罗丹艺术论》《雨果诗选》等。

郭子雄，徐志摩友人郭有守的弟弟，曾留学英国。生平不详。

周灵均（1900—?），江苏江都人，1926 年加入创造社，后加入太阳社，曾出版《紫娟集》。

冯宪章（1910—1931），广东兴宁人，诗人，1928 年赴日本留学，与蒋光慈建立太阳社东京分社，组织学生进行革命工作。

朱湘（1904—1933），字子沅。原籍安徽，生于湖南沅陵。1922 年加入文学研究会，1926 年自办刊物《新文》。著有诗集《夏天》《草莽》等。

冯至（1905—1993），原名冯承植，字君培，直隶涿州人。现代诗人，翻译家。1923 年加入浅草社，1925 年参与成立沉钟社，出版《沉钟》周刊、半月刊和《沉钟丛刊》。著有诗集《昨日之歌》《十四行集》等。

蒲风（1911—1942），原名黄日华，曾用名黄浦芳、黄飘霞等，广东梅州人。1930 年加入中国共产党，左翼诗人，1932 年与杨骚、穆木天、任钧等人组织中国诗歌会，任总务干事。1938 年春第二次国共合作时期，受中共组织派遣，到国民党陆军 154 师 922 团任上尉书记。1940 年秋参加新四军，曾任皖南文联（当时称"总文抗"）副主任等职。

刘大白（1880—1932），原名金庆棪，后改姓刘，名靖裔，字大白，别号白屋，浙江绍兴人。现代著名诗人，文学史家。曾东渡日本，南下印尼，接受先进思想。代表诗集有《旧梦》《邮吻》《旧诗新话》等。

赵景深（1902—1985），曾名旭初，笔名邹啸。祖籍四川宜宾，生于浙江丽水。文学研究会成员。中国戏曲研究家、教育家、作家。组织绿波社，提倡新文学。在元杂剧和宋元南戏的辑佚方面做了开创性工作。作有诗集《荷花》，专著《中国戏曲实考》《中国小说丛考》等十多部。

曹葆华（1906—1978），四川乐山人。1935 年从清华大学研究院毕业。1939 年赴延安，任鲁迅艺术学院文学系教员，次年加入中国共产党。曾翻译梵乐希（今译瓦雷里）《现代诗论》、瑞恰慈《科学与诗》等，后在中共中央宣传部翻译马恩列斯著作。1962 年任中国科学院外国文学研究所研究员。1978 年 9 月翻译普列汉诺夫文学艺术论文集《哲学选集》第五卷时逝世。

钱君匋（1907—1998），祖籍海宁，生于桐乡。著名篆刻家、书画家。曾任西泠印社副社长、上海文艺出版社编审等职。

蓬子（1891—1969），浙江诸暨人，原名方仁，后用名姚杉尊、姚梦生、姚蓬子。1930 年出任"左联"上海执委兼总务部长，1933 年被捕叛变。姚文元父亲。

蒋光慈（1901—1931），原名蒋如恒（儒恒），又名蒋光赤、蒋侠生，字号侠僧。安徽霍邱人。1924 年参与组织春雷文学社，后加入创造社。1928 年参与成立革命文学团体太阳社，主编《太阳月刊》《时代文艺》等文学刊物。著有诗集《新梦》《哀中国》等。

方玮德（1908—1935），安徽桐城人，新月派诗人，1931 年与徐志摩、陈梦家创办《诗刊》，著有《玮德诗集》《秋夜荡歌》等。

胡风（1902—1985），原名张名桢，又名张光人。湖北蕲春人。作家、诗人、文艺理论家。

沈祖牟（1909—1947），福建福州人，1925 年考入上海圣约翰大学，徐志摩入室弟子。

卞之琳（1910—2000），笔名季陵，祖籍江苏南京，生于江苏海门。1929 年于北京大学英文系就读，曾师从徐志摩。1936 年与李广田、何其芳合出《汉园集》，被合称"汉园三诗人"。抗日战争时期，先后在四川大学、西南联合大学任教。1938—1939 年任教于鲁迅艺术文学院。1940 年任教于昆明西南联大。1949 年从英国牛津大学返回北京，先后任职于北京大学、中国社会科学院等单位。著有《慰劳信集》《第七七二团在太行山一带》《十年诗草》等。

吕伯攸（1897—?），浙江杭州人。民国时期著名编辑、教育家、儿童文学作家、批评家。参与编辑民国时期著名儿童杂志《小朋友》，著有《儿童文学概论》等。

方令孺（1897—1976），诗人、散文家，安徽桐城人，1923 年留学美国，1929 年回国后先后在山东大学、复旦大学任教授。

罗慕华，曾任北京教会学校育英中学新文学研究会导师。生平不详。

废名（1901—1967），字蕴仲，原名冯文炳，湖北黄梅人。语丝社成员，京派小说家。1925 年后开始用笔名废名出版《竹林的故事》《桃园》《莫须有先生传》等。其作品以田园牧歌的风味和诗化的意境在中国现代小说史上独树一帜，被称为田园小说和诗化小说。

何其芳（1912—1977），重庆万州人，著名诗人、散文家、文学评论家。毕业于北京大学哲学系，1935 年创办刊物《工作》，曾任鲁迅艺术学院文学系主任、中国社会科学院文学研究所所长等职务，在"文革"中不幸遇害。著有散文集《画梦录》，诗集《预言》《我们的生活是多么广阔》等。

林徽因（1904—1955），原籍福建闽县，生于浙江杭州。建筑师。1924 年与梁思成（梁启超长子）同赴美攻读学位。1927 年从宾夕法尼亚大学美术学院毕业后，又入耶鲁大学戏剧学院学习舞台美术设计。1928 年回国一起受聘于东北大学建筑系。1930—1945 年，与梁思成同走了中国的 15 个省，190 多个县，考察测绘了 2000 多处古建筑物，成为中国古代建筑研究领域的开拓者之一。

饶梦侃，新月派重要成员。生平不详。

梁镇，生平不详。

巴金（1904—2005），原名李尧棠，祖籍浙江嘉兴，生于四川成都。1923 年离家赴上海、南京等地求学，1925 年参加发起无政府主义组织上海民众社，出版《民众》半月刊，并翻译了克鲁泡特金的一些著作。1935 年主持上海文化生活出版社编务，主编《文化生活丛刊》《文学丛刊》《文学生活小丛刊》等。1937 年任《救亡日报》编委，与茅盾共同主编《呐喊》（后改名《烽火》）杂志。1940 年起从事抗日文化宣传活动。晚年有《随想录》行世。

孙大雨（1905—1997），原名铭传，字守拙，号子潜，浙江诸暨人。新月派诗人，著名翻译家，莎士比亚研究专家。他 1920 年开始发表作品，著有诗集《自己的写照》《精神与爱的女神》等。

番草（1914—2012），原名钟庆衍，号国藩，又名钟鼎文。安徽舒城人。台湾蓝星诗社发起人之一，1930年代曾以番草为笔名发表大量诗歌作品。抗战前曾任南京中央军校教官、上海《天下日报》总编辑、复旦大学教授，1949年去台湾，历任《自立晚报》总主笔、《联合报》主笔。著有诗集《饥饿者及其他》《行吟者》《钟鼎文短诗选》等。

穆木天（1900—1971），原名穆敬熙，吉林伊通人。中国现代诗人、翻译家，象征派诗人的代表人物。1921年加入创造社，1931年参加"左联"，负责"左联"诗歌组工作，并参与成立中国诗歌会。著有诗集《旅心》《流亡者之歌》《新的旅途》等。

王一心，有作品《颓废》等。生平不详。

刘梦苇（1900—1926），原名国钧，字梦苇，湖南安乡人。新月诗派的主要发起人之一。他在新诗形式建设方面有过理论的创见和实践的尝试，被推为中国新诗形式运动的最早倡导者。著有诗集《青春之花》《孤鸿集》等。

虞岫云（1910—1988），曾用笔名虞琰，浙江镇海人，出版诗集《湖风》，20世纪30年代一度活跃于上海文坛。

邵冠华，上海《新时代》杂志的主要撰稿人之一。生平不详。

慈侠如，曾为《北平晨报》的副刊《诗与批评》撰稿。生平不详。

刘延陵（1894—1988），安徽旌德人，文学研究会会员。1922年参与组织中国新诗社并创办《诗》月刊。他是第一个介绍法国象征派的新诗及其理论至中国的拓荒者。代表诗作有《水手》《竹》等。

黄震遐（1907—1974），广东南海人，1932年投笔从戎，1949年后任《香港时报》主笔，1974年病逝于美国。

臧克家（1905—2004），曾用名臧瑗望，笔名少全、何嘉，山东潍坊诸城人。曾任《诗刊》主编、中国诗歌学会会长。出版有诗集《烙印》《宝贝儿》《罪恶的黑手》《自己的写照》《运河》以及文论集《在文艺学习的道路上》等多种。

冰心（1900—1999），原名谢婉莹，福建长乐人。著名诗人、作家、翻译家、儿童文学家，以宣扬"爱的哲学"著称。著有诗集《春水》《繁星》，小说集《超人》，散文集《寄小读者》等。

常任侠（1904—1996），安徽颍上人，著名艺术考古学家、东方艺术史研究专家。1927 年加入北伐学生军，1938 年春到郭沫若麾下从事抗日文化宣传工作。1942 年与孙望合编《中国现代新诗选》。1945 年应泰戈尔之邀，赴印度国际大学讲授中国文化史。主要从事中国以及中亚、东亚、东南亚诸国美术史以及音乐、舞蹈史的研究，对中国与印度、日本的文艺交流史研究作出了开拓性贡献。

张露薇（1910—?），原名张文华，吉林宁安人。1928 年入东北大学读书后改现名，1932 年加入"左联"，后攻击鲁迅、巴金、郑振铎、茅盾等人。

老舍（1899—1966），原名舒庆春，字舍予，北京人。现代重要小说家、戏剧家。

李广田（1906—1968），山东邹平人。1923 年到济南的山东省立第一师范学校就读，曾因介绍中国进步文学与苏俄作品被捕入狱。1931 年入北京大学外语系，攻读英、日、法文，1935 年北大毕业后，到济南的山东省立第一中学任教。1936 年，与北大学友卞之琳、何其芳合出诗集《汉园集》。抗战胜利后，先后在南开大学、清华大学任教。1948 年加入中国共产党。1949 年后任清华大学中文系主任、云南大学校长。1959 年被划为"右倾机会主义分子"，1968 年被迫害致死。

黑丁（1914—2001），原名敏亦，笔名黑丁，山东即墨人。作家。1933 年加入"左联"，抗战爆发后奔赴前线。

施蛰存（1905—2003），原名施德普，浙江杭州人。1923 年考入上海大学，后转大同大学、震旦大学。1929 年在中国第一次运用心理分析手法创作小说《鸠摩罗什》《将军底头》，成为中国现代小说的奠基人之一。1932 年起主编大型文学月刊《现代》。1937 年起相继在云南大学、厦门大学、暨南大学等校任教。1952 年调任华东师范大学教授并迁回上海岐山村居住，直至逝世。曾因言获罪告别文学创作和翻译工作，转而从事古典文学和碑版文物的研究工作。

林木瓜，中国诗歌会成员。生平不详。

林庚（1910—2006），字静希，原籍福建闽侯，生于北京。现代诗人、古代文学学者。1928 年由北京师范大学附属中学毕业后考入清华大学物理系，1930 年转入中文系。1933 年毕业后留校，并出版了第一本新诗集《夜》，1934 年以后开始尝试新的格律体。七七事变后到厦门大学任教。1947 年返京任燕京大学中文系教授，1952 年以后改任北京大学教授，2004 年任北京大学诗歌中心主任。著有《中国文学史》《唐诗综论》《新诗格律与语言的诗化》等十一部文集。

罗念生（1904—1990），学名罗懋德，四川威远人。希腊古典文学研究专家。1922 年考入北京清华学校，1929—1933 年先后进美国俄亥俄大学、哥伦比亚大学研究院和康奈尔大学研究院。1934 年回国后历任北京大学、四川大学、武汉大学、清华大学等校外语系教授。1935 年与梁宗岱合编天津《大公报》诗刊。1936 年在成都与朱光潜、何其芳、卞之琳等创办文艺半月刊《工作》。1952 年调到北京大学文学研究所任研究员，1964 年之后，任中国社会科学院外国文学研究所研究员。

孙洵侯，新月派后期诗人，译有《邓肯自传》《人之子——一个先知的传》等。生平不详。

陆志韦（1894—1970），浙江吴兴人。语言学家、心理学家、翻译家。1915 年留学美国，1920 年回国，先后在南京高师、东南大学任教，后入燕京大学任校长。

艾青（1910—1996），原名蒋正涵，曾用笔名莪加、克阿、林壁等，浙江金华人。早年曾出国留学，1932 年回国开始写诗，曾担任"文抗"作家、《天下日报》副刊主编、《诗刊》主编、《收获》编委，"文革"结束后担任中国作家协会副主席，出版《向太阳》《火把》《献给乡村的诗》等诗集近五十部。

龚树揆（1911—?），曾用笔名龚炯，江苏太仓沙溪人，现代儿童文学剧作家。

奇玉（1909—1956），原名大珂，字奇玉，笔名石灵，江苏滨海人。左翼剧作家。1932 年入暨南大学，后留校任教。

钟敬文（1903—2002），广东海丰人，民俗学家、散文家。

孙席珍（1906—1984），浙江绍兴人，1926 年毕业于北京大学中文系，先后在北京大学、南京大学等任教。

清如（1911—1997），即宋清如，江苏常熟人，毕业于之江大学，曾为《现代》撰写诗歌。朱生豪妻子。

于赓虞（1902—1963），名舜卿，字赓虞，河南西平人。新月派诗人之一。1923 年 6 月参与发起成立"绿波社"，后创办《绿波周报》《绿波季刊》。著有诗集《骷髅上的蔷薇》《孤岛》等。

宗白华（1897—1986），曾用名宗之槐，字白华、伯华，生于安徽安庆。1919 年受聘上海《时事新报》副刊《学灯》，任编辑、主编。1920 年赴德国留学，在法兰克福大学、柏林大学学习哲学、美学等课程。1923 年创作《流云小诗》。1925 年回国后在南京大学、北京大学任教。宗白华是我国现代美学的先行者和开拓者，被誉为"融贯中西艺术理论的一代美学大师"。著有诗集《流云》，美学论文集《美学散步》《艺境》等。

S. M（1907—1967），曾用笔名 SM，阿垅等，浙江杭州人。七月诗派诗人。1939 年到延安，1955 年因胡风案被捕，1967 年患骨髓炎死于狱中。

贾芝（1913—2016），山西襄汾人，诗人、民间文学家、翻译家，著有《水磨集》《民间文学论集》等。

刘廷芳（1891—1947），浙江永嘉人，曾任燕京大学神学院长、北京大学教育系教授。

金克木（1912－2000），字止默，笔名辛竹，祖籍安徽，诗人、散文家、翻译家。精通梵语、巴利语、印地语、乌尔都语、世界语、法语、德语等多种语言文字。曾在香港、印度等地做报刊编辑，出版诗集《蝙蝠集》《雨雪集》《挂剑空垒》等。

温流（1912—1937），本名梁启佑，广东梅县人，"左联"诗歌会骨干成员。

路易士（1913—2013），即纪弦，原名路逾，原籍陕西周至，生于河北清苑。1933 年毕业于苏州美专，创办、主编《诗志》《诗领土》《现代诗》等诗歌刊物。抗日战争爆发后流转于汉口、长沙、昆明、香港等地，曾任国际通讯社日文翻译，抗战胜利后始用纪弦笔名写稿。1948 年赴台，曾编辑《和平日报》副刊《热风》，创办《现代诗》季刊，发起成立现代诗社，与覃子豪、钟鼎文为台湾现代诗坛三位元老。1976 年赴美。

宋寒衣（生卒年不详），浙江新浦人，中国诗歌会早期成员，著有诗集《渔家》《昨日的行脚》。

　　孙毓棠（1911—1985），江苏无锡人，历史学家，新月派诗人。1952 年起先后在中科院经济所、历史所任研究员等职。

　　程鹤西（1908—1999），即程侃声，生于湖北安陆。10 岁后随父到北京，就读于北京高等师范学堂附小和附中。新文学运动时期，经常在《晨报诗刊》《小说月报》《华北日报》《新中华日报》上发表诗文和译稿，1935 年朱自清编《中国新文学大系》诗集卷曾收录其《城上》。1931 年于北平大学农学院毕业。曾以农业科学家身份供职于云南省农业科学院，先后研究木棉和水稻，并取得显著成绩。

　　沈圣时（1915—1945），原名沈储，江苏吴县人，诗人。

　　王平陵（1898—1964），原名王仰嵩，笔名西冷，江苏溧阳人。小说家、散文家，著有《茫茫夜》《雕虫集》等。

　　朱维基（1904—1971），上海人，早年就读于沪江大学，1939 年同芳信、林徽音在上海成立绿社，创办《绿》杂志。

　　杨志粹（1917—?），湖南邵阳人，后改名胡天蓝，曾有诗作发表于《现代》等刊物。

　　林英强（1913—1975），广东梅县人，著有散文集《麦地谣》。

　　徐迟（1914—1996），原名商寿，浙江吴兴人。诗人、散文家和评论家。1931 年入东吴大学。九一八事变发生，12 月参加学校爱国学生"援马团"北上，拟出关抗日，滞留北平。1932 年入燕京大学借读。1936 年和诗人路易士一起协助戴望舒创办《新诗》。有译作《巴马修道院》和《华尔腾》（今译《瓦尔登湖》）等。

　　溅波（1909—1999），原名雷必兴，云南普洱人。1935 年赴日本留学东京大学，1939 年当选为全国文艺界抗战救国诗会昆明分会理事，1947 年任中共地下党领导的《新云南周刊》社副社长。

　　辛笛（1912—2004），即王辛笛，原名馨迪。祖籍江苏淮安，生于天津。九叶派诗人。1935 年毕业于清华大学外文系。1936—1939 年，在英国爱丁堡大学进修。回国后，任暨南大学、光华大学教授，有诗集《珠贝集》《手掌集》《辛笛诗稿》。

覃子豪（1912—1963），别名覃基，四川广汉人。1947 年赴台，1954 年参与创办蓝星诗社，任社长。曾就新诗创作问题与纪弦展开论战，批判台湾新诗的西化倾向。与钟鼎文、纪弦并称台湾现代诗坛三位元老。

方敬（1914—1995），诗人，散文家，曾任西南师范大学副校长。

灰马（1915—2000），原名俞束文，改名俞漱心，笔名有灰马、F. M、木鱼、青蝶等。生于杭州。1930—1940 年代曾任图书编辑，1949 年起曾任教于江西乐平、余干中学，后在杭州丝绸印染厂从事图案设计工作。出版诗集《夏夜短曲》《碎羽集》《切线》等。

李心若（1912—1982），诗人、诗歌评论家，著有《花间集评注》。

徐讦（1908—1980），原名徐传琮，浙江慈溪人，作家。1931 年毕业于北京大学，后定居香港。著有《风萧萧》《鬼恋》等。

汪铭竹（1907—1989），江苏南京人。1931 年毕业于中央大学哲学系，1934 年首倡"土星笔会"，同年创办《诗帆》。

程千帆（1913—2000），原名逢会，改名会昌，字伯昊，40 岁以后别号闲堂。祖籍湖南宁乡，后迁居长沙。沈祖棻之夫。在校雠学、历史学、古代文学领域均有杰出成就。历任金陵中学、金陵大学、四川大学、武汉大学教职，"文革"后受南京大学校长匡亚明之邀赴南京大学工作并培养出大量人才。

林丁（1915—1996），原名王今然，后改名王化东，山东济南人。曾任合肥市委副书记、副市长，离休后任合肥市老年大学校长等职。

陈江帆（1910—1970），广东梅州人。现代派成员。1932年就读于广州中山大学，1935年出版诗集《南国风》。

南星（1910—1996），原名杜文成，笔名南星、林栖、石雨等，河北怀柔人。毕业于北京大学外文系，曾任教于北京孔德学校、贵州大学，1950年代以后执教于国际关系学院英语系。著有诗集《石像辞》、散文集《蠹鱼集》《松堂集》等，译著有《一知半解》（温源宁原著）、《清流传》（辜鸿铭原著）、《尼古拉斯·尼克尔贝》（狄更斯原著，合译）等。

谢冰季（1901—1984），原名谢为辑，笔名冰季，福建福州人。著有《幻醉及其他》《温柔》。

孙望（1912—1990），原名自强，字止畺，也称子强，江苏常熟人。1932年考入金陵大学中文系，1934年同程千帆及校外友人汪铭竹、常任侠、滕刚等组织"土星笔会"，从事新诗创作，出版期刊《诗帆》。

罗莫辰（1909—1998），原名罗大冈，曾用笔名莫辰等，浙江上虞人。法国文学专家，翻译家。

滕刚，笔名小燕、孟雄，1934年在南京与孙望、程千帆等发起组织"土星笔会"。

田汉（1898—1968），学名寿昌，湖南长沙人。剧作家、诗人、文艺批评家，中国现代戏剧三大奠基人之一。1921年，与郭沫若等组织创造社，倡导新文学。1924年创办《南国》半月刊。代表作有话剧《苏州夜话》《名优之死》，诗歌《南归》等。

甘永柏（1914—1982），笔名辛甘、浮鸥，四川万县人。翻译家、散文家、小说家，著有《暗流》《第一颗星》等。

史卫斯（？—1952），原名方滢，籍贯不详。诗人、戏曲学家。

平林杏子（1914—？），原名叶霖生，湖北洪湖人，进步诗人，在《现代》《时调》等诗刊上发表过抗战诗歌。

力扬（1909—1964），原名季信，浙江青田人。1929年考入国立西湖艺术专门学校，九一八事变时任西湖艺专学生自治会主席，组织同学开展抗日救亡运动，反对国民党投降政策，遭校方开除。"一·二八"事变后，为东北义勇军募捐而被捕。1935年与李岫石、艾青一起被移送苏州反省院。抗日战争爆发后在国民政府军事委员会政治部文化工作委员会工作。1948年加入中国共产党。同年冬到晋察冀解放区，入马列主义学院学习，毕业后留院任国文教员。1953年春到中国科学院文学研究所工作，并参与编撰《中国文学史》。

易椿年，生平不详。

杨世骥，湖南长沙人。生平不详。

厂民（1914—2003），1949年后改名严辰，江苏武进人，曾参加艾青创办的《诗刊》。

吴奔星（1913—2004），湖南安化人。1937年从北平师范大学国文系毕业。早年参加湖南农民运动、"一二·九"学生运动。先后在桂林师范学院、国立武汉大学、江苏师范大学、南京师范大学等高校工作。属于1949年后中国最早一批现代文学教授。他于1957年被错划为"右派分子"，下放徐州师范学院"戴帽"任教，1982年获得平反，重返南京师范大学中文系任教。

章铁昭（生卒年不详），安徽绩溪人。曾与南京国立中央大学、金陵大学等校的几位青年诗人汪铭竹、程千帆、沈祖棻、孙望、常任侠、艾珂、滕刚等创办南京"土星笔会"和新诗半月刊

《诗帆》。

吕亮耕（1914—1974），祖籍湖北嘉鱼，生于湖南益阳。1938
年夏与孙望等接替力扬、常任侠，合编长沙《抗战日报》副刊
《诗歌战线》，发起组织中国诗艺社，出版《中国诗艺》月刊。
1942—1947 年，先后担任耒阳《国民日报》、汉口《大华晚报》等
报纸的副刊编辑、总编辑、主笔，极力提倡新诗并从事创作。

王亚平（1905—1983），河北威县人，原名王福全，笔名罗
伦、白汀、大威。1932 年加入中国诗歌会，1934 年在青岛创办
《诗歌季刊》《现代诗歌》。

沈启无（1902—1969），江苏淮阴人。与俞平伯、废名、江绍
原并称周作人四大弟子，因北平沦陷后任伪职，1944 年周作人发
表《破门声明》，与其断绝关系。

梁宗岱（1903—1983），广东新会人，诗人、翻译家、学者。
中学时代开始写新诗，有"南国诗人"之称。1921 年加入文学研
究会，1924 年留学法国，结识法国象征派诗人瓦雷里，将其诗作
译成中文刊于《小说月报》。著有诗集《晚祷》、词集《芦笛风》、
论文集《诗与真》等。

卢荻，有《驰驱集》（广州诗场社 1939 年版）等。生平不详。

唐弢（1913—1992），浙江镇海人。1938 年参与《鲁迅全集》
编校工作，曾任《文汇报》主笔。

绛燕（1909—1977），浙江海盐人，原名沈祖棻，笔名绛燕、
苏珂。古代文学专家，程千帆之妻，两人有《沈祖棻程千帆新诗
集》（陆耀东编，武汉大学出版社 1992 年版）。

李夹人，曾加入江西力社，倡导追求时代的"真善美"的艺
术口号。生平不详。

田间（1916—1985），原名童天鉴，安徽无为人。1934 年加入

中国左翼作家联盟，担任《文学丛书》《新诗歌》的编辑工作。其作诗尤其注重诗歌的战斗性，表现农民生活的苦难，其诗作《假使我们不去打仗》影响全国，被闻一多称为"擂鼓诗人""时代的鼓手"。其代表作有《给战斗者》《中国牧歌》《中国农村的故事》。

朱英诞（1913—1983），生于天津，笔名有庄损衣等，朱熹后裔。曾任教于沦陷区伪北大。与沈启无一起编辑《文学集刊》，并编选废名、沈启无的诗合集《水边》。1949 年后在贝满女中教书，直至退休。补充废名的《新诗讲稿》并由北京大学出版社出版。逝世前写下两万字的自传《梅花依旧》。

陈残云（1914—2002），广东广州人。与温流、黄宁婴合办《今日诗歌》，1937 与卢荻、黄宁婴合办《诗场》。

李白凤（1914—1978），原名李象贤、李逢，北京人。擅长篆刻、治印等，著有《风之歌》。

孙作云（1912—1978），辽宁瓦房店人。1927 年因不满于学校处分学生，参与学生罢课，遂被除名。1931 年免试升入东北大学，后到上海，考入复旦大学中国文学系。日寇进攻上海后加入十九路军抗战，1932 年考入清华大学中国文学系。生前主要从事神话传说、民俗和《楚辞》《诗经》的研究工作。

毕奂午（1909—2000），笔名毕桓武，河北石家庄人。著有诗集《掘金记》。

黄宁婴（1915—1979），广东台山人。1938 年毕业于中山大学经济系。1940 年后在桂林、柳州、广州任中学教师。1945 年起曾先后任香港"文协"理事和《华商报》影剧双周刊编辑。著有诗集《九月的太阳》《迎人民的春天》等。

蒋有林，蒋锡金表兄，1935 年曾与蒋锡金合编《中国新诗》。

生平不详。

　　侯汝华（1910—1938），广东梅县人。1930 年代中国文坛重要的象征派诗人，是国防诗歌的创作者，殁前还在致力于《东方诗报》的抗战宣传工作。曾出版诗集《海上谣》。

　　关露（1907—1982），河北延庆（今属北京）人。新四军情报人员，著有《太平洋上的歌声》。

　　赵萝蕤（1912—1998），浙江德清人，著名翻译家和比较文学家。陈梦家夫人。1932 年毕业于燕京大学英语系，1935 年毕业于清华大学外国文学研究所，1946 年和 1948 年先后获美国芝加哥大学文学硕士、哲学博士学位。曾任云南大学讲师。1949 年后，历任燕京大学、北京大学教授。长期从事英国文学研究工作，译有惠特曼《草叶集》、艾略特《荒原》等。

　　周煦良（1905—1984），安徽至德（今东至）人。著名英国文学翻译家、教授、诗人、作家。曾就读于上海大同大学、光华大学、英国爱丁堡大学。先后供职于暨南大学、四川大学、光华大学、武汉大学及华东师范大学。

　　张寒辉（1902—1946），原名张兰璞，河北定县人。中共党员，1941 年到延安任陕甘宁边区文化协会秘书长，主要创作秧歌剧及歌曲。

　　沙蕾（1912—1986），原名沙凤骞，江苏宜兴人，回族诗人。陈敬容前夫。1932 年在上海文化书院法律系毕业。1933 年出版首部诗集《心跳进行曲》，同时任上海《金城月刊》文艺主编。1936 年到湖北财政厅工作。抗战时期发起组织"中国回教青年抗敌协会"，出版《回教大众》半月刊。1949 年后任上海星火出版社总编辑。1979 年任中央民族学院少数民族文学研究所顾问、中国伊斯兰教协会委员、中国通俗文学研究会理事。

李长之（1910—1978），原名李长治、李长植，山东利津人。1929 年入北京大学预科学习，1931 年考入清华大学生物系，两年后转哲学系。1936 年出版《鲁迅批判》一书，同年毕业后留校任教，后又历任京华美术学院、云南大学、重庆中央大学的教职。1940 年任教育部研究员。1944 年主编《时与潮》副刊。1945 年任国立编译馆编审。1946 年于北京师范大学任副教授，并参与《时报》《世界日报》的编务。有著作《迎中国的文艺复兴》等。

玲君（1915—1987），原名白汝媛，天津人。著有诗集《绿》。

任钧（1909—2003），原名卢嘉文，广东梅县人。参与创立中国诗歌会，有诗集《冷热集》《战歌》等。

韩北屏（1914—1970），原名韩立，江苏扬州人。1927 年后历任镇江、扬州等地记者、编辑、民教馆职员，《诗志》月刊主编，五路军救亡工作团团员，广州华南人民文学艺术学院文学部教授等。1961 年任中国作协对外联络委员会副主任，曾赴非洲各国访问。

徐光摩，1930 年代诗人，著有《小鱼集》。生平不详。

冯雪峰（1903—1976），原名福春，笔名雪峰、画室、洛阳等，浙江义乌人。现代著名诗人、文艺理论家。曾翻译日本、苏联的文艺作品。1928 年结识鲁迅，编辑出版《萌芽》月刊。1929 年参与筹备"左联"。曾任《文艺报》总编、中国作协党组书记。

胡明树（1914—1977），原名徐善源，广西桂平人。1934 年在日本创办《诗》杂志。

林焕平（1911—2000），原名石仲子、望月，广东台山人。左翼作家、文艺理论家。

柳倩（1911—2004），原名刘智明，四川荣县人。左翼诗人，1932 年参与创办中国诗歌会，创办《新诗歌》杂志。

苏金伞（1906—1997），原名苏鹤田，河南睢县人。毕业于河南省体育专科学校。1932 年开始发表作品，1949 年加入中国作家协会，曾筹办河南省文联。著有诗集《地层下》《窗外》《鹁鸪鸟》等。代表作《控诉太阳》《无弦琴》等。

俞大纲（1908—1978），浙江绍兴人，中国古代戏曲文学研究家。早年就读于上海光华大学、北京燕京大学，后任教于台湾大学中文系。